JUNOT DÍAZ

Así es como la pierdes

Junot Díaz es el autor de la colección de relatos
Negocios y la novela *La breve y maravillosa vida de
Óscar Wao*. Sus obras han aparecido en *New Yor-
ker*, *The Paris Review* y la antología de los mejores relatos breves *Best American Short Stories*. Ha
recibido el Premio PEN/Malamud, el Premio
de Ficción del National Book Critics Circle, el
Premio Anisfield-Wolf, el MacArthur Fellows-
hip (Genius Grant), el Premio Sunday Times de
Cuento, y el Premio Pulitzer de Ficción. Nació
en Santo Domingo, República Dominicana, creció en Nueva Jersey, y vive entre Nueva York y
Boston, donde es editor de ficción de la revista
Boston Review y profesor en la universidad MIT.

Elogios para

Así es como la pierdes

"Junot Díaz escribe en un lenguaje tan electri-
zante y distinto que es casi un acto de agresión,
a la vez fascinante y erótico en su afirmación de
intimidad repentina... Es un ritmo inconfundi-
ble entre la opacidad y transparencia, exclusión
e inclusión, resistencia y deseo... Su estilo de
prosa es tan irresistible, tan puramente divertido,
que pone al lector en peligro de ser cegado por
su gran ofrenda. Pero une su estilo al contenido
tan perfectamente que en vez de cegarnos, se
convierte en un gran objetivo en donde vemos
la alegría y sufrimiento en su forma de escribir".
— *The New York Times Book Review*

"Estas historias... son virtuosas, dominan el comportamiento que extrae los corazones engañosos
de los hombres con mal de amores, y tienen una
mezcla de la ternura, comedia y vulgaridad de
Philip Roth. La voz de Díaz es una delicia en
cada mordida propia, es un crisol de Spanglish y
palabras callejeras, cultura Dominicana y popu-
lar, y poder descriptivo, todo en una misma ora-
ción". — *USA Today*

"Impresionante… cómico en su depresión, encantador en su locura e irresistible en su deseo profundo". —*The Washington Post*

"Ardiente, algunas veces chistoso, y siempre cautivador… Los lectores se acordarán porque todo el mundo quiere escribir como Díaz, traerlo a casa, o las dos cosas. Crudo y honesto, estas historias vibran con el ritmo del hip-hop y el sutil pero aun más vital eco del corazón humano". —*Publishers Weekly*

"La destacada ficción escrita por Díaz permanece precisa, sinuosa, fuerte e imaginativa… Cada atrevido relato de amor no correspondido, de amor traicionero o de crisis familiares es eléctrico con observaciones apasionadas e inteligencia emocional y social… Apresurados, impávidos, complejamente cómicos, callejeros, perfectamente hechos y profundamente sensibles, los cuentos de Díaz desvelan vidas ensombrecidas por prejuicios y pobreza y por despojo de amor y confianza. Estas son vidas precarias, poco apreciadas, pero preciosas, en las cuales la intimidad es un arte perdido, la masculinidad una parodia, y la amabilidad y razón luchan por la sobrevivencia como una plántula en una zona de guerra". —*Booklist*

Así es como la pierdes

JUNOT DÍAZ

Traducción de Achy Obejas

VINTAGE ESPAÑOL
UNA DIVISIÓN DE RANDOM HOUSE, INC.
NUEVA YORK

Para Marilyn Ducksworth y Mih-Ho Cha,
en honor a su amistad, su ardor, su delicadeza

Pues, no funcionamos, y todos
los recuerdos a decir verdad no son buenos.
Pero a veces la pasamos bien.
El amor fue bueno. Me encantaba tu dormir chueco
a mi lado y nunca soñé con miedo.

Debería haber estrellas para grandes guerras como la nuestra.

SANDRA CISNEROS,
«Un último poema para Richard»

ÍNDICE

EL SOL, LA LUNA, LAS ESTRELLAS

No soy un tipo malo. Sé cómo suena eso –defensivo, sin escrúpulos– pero no es así.

Soy como todo el mundo: débil, capaz de cualquier metedura de pata, pero básicamente buena gente. Sin embargo, Magdalena no lo ve así. Ella me considera el típico dominicano: un sucio, un perro. Sucede que, hace varios meses, cuando Magda todavía era mi novia, cuando yo no tenía que tener tanto cuidao con casi todo lo que hacía, le pegué cuernos con una jevita que tenía una montaña de pelo a lo freestyle, como en los años ochenta. No le dije nada a Magda, por supuesto. Tú sabes cómo es eso. Un huesito apestoso como ese, mejor enterrarlo en el patio de tu vida. Magda solo se enteró porque una amiguita suya le mandó una fokin carta. Y esa carta tenía detalles. Vainas que no le contarías a tus panas, ni aunque estuvieras borracho.

Y lo peor es que esa pendejada se había terminado hacía meses. Magda y yo habíamos recuperado nuestro flow. Ya la distancia entre nosotros de aquel invierno en el cual le pegué cuernos estaba vencida. Descongelada totalmente. Ella venía a mi apartamento y en lugar de hanguear –yo fumando, ella aburridísima– íbamos al cine. Y a diferentes lugares a comer. Hasta fuimos a ver una obra teatral en Crossroads y le tomé una foto con unos negros dramaturgos muy importantes, fotos en las que ella sonríe tanto que parece que esa bocata suya se va a desquiciar. Volvíamos a ser pareja otra vez. Visitábamos la familia los fines de semana. Desayunábamos en cafeterías de madrugada, cuando todavía nadie se había levantado, hurgábamos juntos por la biblioteca de New Brunswick, la que construyó Carnegie por remordimiento. Llevábamos un ritmo rico. Pero entonces llegó la carta y explotó como una granada de *Star Trek*, acabando con todo pasado, presente y futuro. De buenas a primeras sus padres me querían matar. No importaba que los hubiera ayudado con sus impuestos en los últimos dos años o que les cortara el césped. Su papá, quien me había tratado como a su propio hijo, ahora al contestar el teléfono me llama hijoeputa y suena como si se estuviera ahorcando con el cable del teléfono. No mereces que te hable en español, me dice. Veo a una de las amigas de Magda en el Woodbridge Mall –Claribel, la ecuatoriana con título de bióloga y ojos achinaos– y me trata como si me hubiera comío al hijo predilecto de alguien.

Mira, no quieras tú saber cómo reaccionó Magda. Fue como un choque de cinco trenes. Me tiró la carta de Cassandra –falló y fue a parar debajo de un Volvo– y entonces se sentó en la acera y empezó a hiperventilar. Oh, Dios, chilló. Oh, Dios.

Este es el momento en el cual mis panas dicen que lo hubieran rebatido todo con una Fokin Negación Total. ¿Cassandra quién? Pero yo estaba demasiao nervioso, no podía ni siquiera intentarlo. Me senté a su lado, le agarré los brazos, que ahora se movían como aspas de molino, y le dije alguna tontería como Magda, tienes que escucharme. O no vas a entender.

Déjame explicarte quién es Magda. Oriunda de Bergen-line: bajita de boca grande, tremendas caderas y unos rizos negros en los cuales se te puede desaparecer la mano. Su papá es panadero, su mamá vende ropas de niño a domicilio. De pendeja no tiene na, pero también sabe perdonar. Católica. Me arrastraba a la misa en español los domingos, y cuando algún pariente está enfermo, especialmente los que siguen en Cuba, le escribe cartas a unas monjas en Pennsylvania para pedirles que recen por su familia. Ella es la nerd que conocen todas las bibliotecarias del pueblo, la maestra a quien todos los estudiantes adoran. Siempre dándome recortes de periódicos, vainas dominicanas. Nos veíamos todas las semanas, y aun así me enviaba mensajitos cursis por correo: Pa que no me olvides. No existe nadie peor con quien quedar mal que con Magda.

Mira, no te voy a aburrir contándote lo que pasó después que se enteró. Cómo le rogué, cómo me arrastré por encima de vidrios rotos, cómo le lloré. Vamos a dejarlo en que después de dos semanas de este drama, yendo hasta su casa, escribiéndole cartas y llamándola a todas horas de la noche, nos reconciliamos. No quiere decir que volví a cenar con su familia otra vez o que sus amigas lo celebraron, esas cabronas lo único que decían era: No, jamás, never. Ni la misma Magda estaba entusiasmada con la reconciliación al principio, pero yo tenía la fuerza del pasado de mi lado. Cuando ella me preguntaba: ¿Por qué no me dejas tranquila?, yo le decía la verdad: Porque te quiero, mami. Sé que esto parece una pendejada pero es verdad: Magda es mi corazón. No quería que me dejara; no me iba a poner a buscar novia nueva porque había metío la pata solo una fokin vez.

Pero no creas que fue fácil, porque no lo fue. Magda es terca. Cuando empezamos a salir, dijo que no se iba a acostar conmigo hasta que estuviéramos juntos por lo menos un mes, y la homegirl no se echó pa atrás, no importó cuánto traté de bajarle los pantis. Ella es sensible también. Asimila el dolor como el papel el agua. No te puedes imaginar cuántas veces me preguntó (especialmente después de rapar): ¿Me lo ibas a decir? Su otra pregunta favorita era ¿Por qué? Mis respuestas favoritas eran Sí y Fue una estupidez. No estaba pensando.

Por fin pudimos hablar sobre Cassandra, pero generalmente en la oscuridad, cuando no nos podíamos ver el uno al otro. Magda me preguntó si había querido a Cassandra y le dije que no. ¿Todavía piensas en ella? No. ¿Disfrutaste el sexo con ella? Para serte sincero, baby, fue fatal. Sé que decir esto nunca parece verdad pero en estas circunstancias hay que decirlo de todos modos, sin importar lo imbécil y falso que suene: hay que decirlo.

Así que por un tiempo después que volvimos, todo iba tan bien como podía esperarse.

Pero solo por un tiempito. Poco a poco, de manera casi imperceptible, mi Magda comenzó a convertirse en otra Magda. Y esta Magda no quería quedarse a dormir conmigo tanto como antes, o rascarme la espalda cuando se lo pedía. Es increíble de lo que te das cuenta. Por ejemplo, ella nunca me había pedido que la volviera a llamar cuando estaba al teléfono con otra gente. Yo siempre había sido la prioridad. Pero ya no. Por supuesto que les eché la culpa de toda esa pendejada a sus amigotas porque sabía que ellas todavía le estaban hablando mal de mí.

Ella no era la única con asesoramiento, mis panas me decían pal carajo con ella, no pierdas tiempo con esa jeva, pero cada vez que lo intentaba no podía. La verdad es que estaba bien asfixiao de Magda. Empecé a enfocarme en ella de nuevo, pero nada me daba resultado. Cada película que íbamos a ver, cada paseo en carro que dábamos, cada vez que ella se quedaba a dormir en mi casa, parecía confirmar algo negativo en mí. Sentía que me moría a grados, pero cuando traté de hablarle de eso me dijo que estaba paranoico.

Como al mes, empezó a cambiar de manera tal que de verdad le hubiera causado alarma a cualquier tíguere paranoico. Se cortó el pelo, empezó a comprar maquillaje de mejor marca, ropa nueva, y estaba de pachanga todos los viernes con sus amigas. Cuando le pido a ver si podemos hanguear, ya no estoy muy seguro de lo que me va a decir. Muchas veces me contesta casi de usted: No, gracias, mejor no. Le pregunto qué coñazo cree que es esto y me dice: Eso mismo me pregunto yo.

Sé lo que estaba haciendo. Se aseguraba de que yo supiera cuán precaria era mi posición en su vida. Como si ya no estuviera consciente de ello.

Entonces llegó junio. Nubes blancas y calurosas encalladas en el cielo, gente lavando carros con manguera en mano, música en la calle. Todo el mundo preparándose para el verano, incluso nosotros. Hacía unos meses habíamos planificado un viaje a Santo Domingo, un regalo de aniversario, y ahora teníamos que decidir si todavía íbamos a ir juntos. La pregunta se había ido asomando por el horizonte hacía tiempo, pero yo había calculado que la cosa se resolvería sola. Cuando así no fue, saqué los pasajes y le pregunté: ¿Qué te parece?

Me parece que es un compromiso demasiado grande.

Podría ser peor. Son vacaciones, por el amor de Dios.

Lo veo como presión.

No tiene que ser presión.

No sé por qué me apegué tanto a eso del viaje. Le sacaba el tema todos los días, tratando de que se comprometiera. Quizá me estaba cansando de nuestra situación. Quería estirarme, quería que algo cambiara. O quizá se me había metido la idea en la cabeza de que si decía: Sí, vamos, entonces todo entre nosotros se arreglaría. Y si decía: No, esto no es para mí, por lo menos entonces entendería que habíamos terminado.

Sus amigas —las peores perdedoras del mundo— le aconsejaron que hiciera el viaje y que entonces jamás me volviera a hablar. Por supuesto, ella me decía toda esta mierda porque no podía dejar de contarme todo lo que estaba pensando. ¿Y qué crees tú de esa sugerencia?, le pregunté.

Se encogió de hombros. Es una idea.

Hasta mis panas ya estaban hartos. Loco, parece que estás botando una pila de cuarto en esa vaina. Pero yo honestamente pensaba que el viaje nos podía ayudar. Muy dentro de mí, en esa parte mía adonde ni siquiera mis panas tienen acceso, soy optimista. Pensaba: Ella y yo en la isla. ¿Cómo que no nos vamos a arreglar?

Tengo que confesarlo: me encanta Santo Domingo. Me encanta llegar y encontrarme con esos tipos enchaquetados que me ofrecen vasitos de Brugal. Me encanta cuando aterrizamos, todo el mundo aplaudiendo cuando las ruedas del avión besan la pista. Me encanta que soy la única persona en el avión sin una conexión cubana o sin un yaniqueque de maquillaje en la cara. Me encanta la pelirroja que viene a ver a la hija que no ha visto en once años. Los regalos que lleva sobre las piernas son como los huesos de un santo. Mija ya tiene tetas, la mujer le susurra al vecino. La última vez que la vi todavía no sabía hablar bien, no podía decir una frase completa. Pero ya es toda una mujer. Imagínate. Me encantan las maletas que mi mamá empaca, vainas pa la familia y algo pa Magda, un regalo. No importa lo que pase, tú le das esto.

Si esto fuera otro tipo de historia, te hablaría del mar. Cómo se ve cuando se dispara hacia el cielo por los agujeros en los arrecifes, y cómo cuando voy manejando desde el aeropuerto y lo veo así como trizas de plata, sé con certeza que estoy de regreso. Te contaría sobre la cantidad de pobres infelices que hay aquí. Más albinos, más bizcos, más tígueres de lo que te pudieras imaginar. Y te hablaría sobre el tráfico: la historia automovilística entera de la segunda mitad del siglo veinte en un enjambre cubriendo cada pulgada de suelo llano, una cosmología de cacharros, motocicletas abolladas, camiones abollados, guaguas abolladas, y un sinnúmero de talleres para arreglarlos, en los que el mecánico es cualquier comemierda con un alicate en la mano. Te contaría sobre los ranchitos y las llaves sin agua y los morenos en las vallas de anuncios comerciales y que la casa de mi familia cuenta con una letrina como algo indispensable. Te contaría sobre mi abuelo y sus manos de campesino, de lo triste que está porque no vengo para quedarme, y sobre la calle donde nací, Calle XXI, y cómo todavía no ha decidido si quiere ser un gueto o no, y cómo se ha quedado en este estado de indecisión para siempre.

Pero todo eso sería otro tipo de historia, y ya tengo bastante dificultad con esta. Créeme. Santo Domingo es Santo Domingo. Vamos a hacernos de cuenta que todos sabemos lo que pasa allí.

Debí haber estado fumando algo porque pensé que todo andaba bien esos primeros días. Sí, claro, el tiempo encerrados en casa de mi abuelo requeteaburrió a Magda. Hasta me lo dijo: Estoy aburridísima, Yunior. Pero ya le había advertido sobre la visita obligatoria a mi abuelo. Pensé que no se molestaría; por lo general, ella se lleva muy bien con los viejitos. Pero casi ni le habló. Estaba incómoda por el calor y se tomó como quince botellas de agua. La vaina es que antes de que amaneciera el segundo día ya habíamos salido de la capital en una guagua rumbo al interior del país. Los paisajes se veían superfly, a pesar de que había una sequía y el campo entero, incluyendo las casas, estaba cubierto de polvo rojizo. Le señalaba todo lo que había cambiado desde el año pasado. El Pizzarelli nuevo y el agua en funditas plásticas que vendían los tigueritos. Me metí hasta en lo histórico. Aquí es donde Trujillo y sus compinches de la Marina asesinaron a los gavilleros, allí donde el Jefe llevaba sus jevas, por acá donde Balaguer le vendió su alma al diablo. Parecía que Magda disfrutaba de eso. Asentía con la cabeza. Me hablaba de vez en cuando. ¿Qué te puedo decir? Creía que estábamos en buena onda.

Ahora, cuando lo pienso, me doy cuenta de que había señales. Primero, Magda no es callada. Es habladora, una fokin babosa, y hasta teníamos un acuerdo: yo levantaba la mano y pedía time out, y ella tenía que callarse por lo menos por dos minutos, para que yo pudiera procesar los chorros de información que ella había ido soltando. Le daba pena, como si la hubiesen regañado, pero no le duraba tanto como para no arrancar otra vez en el mismo momento en que yo le decía: OK, ya.

Quizá fue que estaba de buen humor. Fue la primera vez en muchas semanas en que me pude relajar, que no me estaba portando como si todo fuera a desbaratarse en cualquier momento. Me molestaba que ella insistiera en reportarse con sus amigas todas las noches –como si creyeran que la iba a matar o algo así–, pero pal carajo, para mí la cosa iba mejor que nunca antes.

Estábamos en un hotelito de mala muerte cerca de Pucamaima. Me relajaba en el balcón mirando las Septentrionales y la ciudad a oscuras en su eterno apagón cuando la oí llorando. Pensé que era algo serio, busqué la linterna y le iluminé la cara hinchada por el calor. ¿Qué te pasa?

Sacudió la cabeza. No quiero estar aquí.

No entiendo.

¿Qué es lo que no entiendes? Yo. No. Quiero. Estar. Aquí.

Esa no era la Magda que yo conocía. La Magda que yo conocía era supercortés. Tocaba en la puerta antes de entrar.

Por poco grito: ¡Cuál es tu fokin problema! Pero me aguanté. Terminé abrazándola y mimándola y preguntándole qué le pasaba. Lloró por largo rato y después de un silencio volvió a hablar. Para entonces había vuelto la luz. El lío era que ella no quería estar viajando como un par de muertos de hambre. Pensaba que íbamos a estar en la playa, me dijo.

Vamos a estar en la playa. Pasao mañana.

¿Por qué no podemos ir ahora?

¿Qué más podía hacer? Ella de pie esperando que yo dijera algo y, para colmo, en ropa interior. ¿Y qué se me ocurrió? Baby, vamos a hacer lo que tú quieras. Llamé al hotel en La Romana, pregunté si podíamos llegar temprano, y por la mañana nos montamos en una guagua express a la capital seguida de otra guagua a La Romana. No dije ni fokin pío, y ella tampoco. Tenía cara de cansada y miraba el mundo de afuera como si estuviera a punto de decirle algo.

Ya para mediados del tercer día de nuestro All-Quisqueya Redemption Tour estábamos en un bungalow con aire acondicionao y mirando HBO. Exactamente donde quiero estar cuando estoy en Santo Domingo. En un fokin centro turístico. Magda leía un libro escrito por un monje de la Trapa, de mejor humor, parecía, y yo estaba sentado en el borde de la cama, manoseando un mapa inútil.

Se me ocurrió que, después de tener que hacer todo eso, me merecía algo. Algo físico. Magda y yo generalmente teníamos una actitud bastante casual sobre el sexo, pero desde lo de los cuernos todo se había puesto bastante extraño. Primero, ya no lo hacíamos tan regularmente como antes. Con suerte echábamos un polvito una vez a la semana. Yo soy quien tiene que insinuarle, encender la cosa, de lo contrario no singamos. Ella siempre se hace la que no lo quiere, y algunas veces de verdad no quiere, entonces tengo que calmarme, cogerlo suave, pero otras veces sí quiere y tengo que tocarle la chocha, que es mi manera de iniciar las cosas, de decirle: ¿Qué me dices, mami? Y ella vira la cara, que es su manera de decir: Tengo demasiado orgullo como para dejarme vencer tan fácilmente por tu deseo animal, pero si sigues con el dedo ahí, no te voy a parar.

Hoy comenzamos a hacerlo sin problemas, y a la mitad del camino, me dijo: Espera, frena, no debemos. Yo quería saber por qué.

Cerró los ojos como si le diera pena. Forget about it, me dijo, y empezó a mover las caderas debajo de mí. Olvídalo.

Ni siquiera quiero decirte dónde estamos. Estamos en Casa de Campo. El Resort que la Vergüenza Olvidó. A un comemierda cualquiera le encantaría este lugar. Es el centro turístico más grande, más millonario de toda la isla, lo que quiere decir que es una fortaleza, con tremendos muros que nos separan del resto del mundo. Guachimanes y pavos reales y una ambiciosa jardinería de matas podadas como estatuas por todos lados. En Estados Unidos se anuncia como su propio país, y la verdad es que lo parece. Tiene su propio aeropuerto, treinta y seis hoyos de golf y playas tan blancas que prácticamente piden que las pisoteen; el único domo de la isla que ves aquí o tiene la cara como un yaniqueque de maquillaje o te está cambiando las sábanas. En otras palabras: mi abuelo jamás ha puesto un pie aquí, ni el tuyo tampoco. Aquí es donde vienen los García y los Colón después de un mes de oprimir a las masas, donde los tutumpotes se reúnen a intercambiar datos con sus colegas del exterior. Si hangueas por acá por mucho tiempo, seguro que te revocan el carnet de gueto, sin decirte ni media palabra.

Nos levantamos tempranito para ir al bufet donde nos sirven unas mujeres muy sonrientes disfrazadas de Aunt Jemima. Te lo juro por mi madre: estas negritas hasta se ponen pañuelo en la cabeza. Magda le está escribiendo un par de postales a su familia. Quiero hablar sobre lo que pasó ayer, pero cuando lo intento ella baja el bolígrafo. Se tapa los ojos con las gafas de sol.

Siento que me estás presionando.

¿Cómo es que te estoy presionando?, pregunto.

Solo quiero un poco de espacio privado de vez en cuando. Cada vez que estoy contigo siento que quieres algo de mí.

Espacio privado, digo, ¿qué quieres decir con eso?

Que quizá una vez al día tú hagas algo por tu cuenta y yo otra.

¿Cuándo? ¿Ahora?

No tiene que ser ahora. Está exasperada. ¿Por qué no bajamos a la playa?

Mientras caminamos hacia el carrito de golf del hotel, le digo: Magda, siento que has rechazado mi país entero.

No seas ridículo. Deja caer una mano sobre mi rodilla. Solo quiero relajarme. ¿Hay algo malo en eso?

El sol está resplandeciente y el azul del mar sobrecarga mi cerebro. Casa de Campo tiene playas igual que el resto de la isla tiene problemas. Pero sin merengue, sin carajitos, nadie que te esté tratando de vender chicharrones, y se ve que hay tremendo déficit de melanina. Cada cincuenta pies, hay por lo menos un fokin euro desplayado en una toalla como un monstruo pálido y horrible vomitado por el mar. Todos tienen cara de catedráticos de filosofía, Foucaults baratos, y muchos —demasiaos— están acompañaos de dominicanas morenas y culonas. De verdad, estas jevitas con mirada de puro ingenio no tienen más de dieciséis años de edad. Y como no se pueden comunicar, te das cuenta inmediatamente que estas parejas no se conocieron por casualidad un día en la Rive Gauche.

Magda anda en un bacanísimo bikini con colores de Ochún que sus amiguitas le ayudaron a elegir para torturarme, y yo ando en un traje de baño gastao que dice: «Sandy Hook Forever!». Confieso que, con Magda medio en cueros en público, me siento bastante vulnerable e intranquilo. Le pongo la mano en la rodilla. Quisiera que me dijeras que me quieres.

Yunior, porfa.

Entonces ¿puedes decir que te gusto mucho?

¿Me puedes dejar tranquila? Mira que jodes.

Dejo que el sol me clave en la arena. Esta vaina entre Magda y yo es desalentadora. No parecemos una pareja. Cuando sonríe, le piden casarse con ella; cuando yo sonrío la gente chequea a ver que no les haya robado la cartera. Magda ha sido una estrella desde que llegamos aquí. Tú sabes cómo es eso, cuando llegas a la isla con un mujerón así, a quien casi no se le ve el negro. Los prietos se vuelven locos. Tú sí eres bella, muchacha, le piropean los machos en la guagua. Cada vez que metía un deo en el agua para nadar, se aparecía un mensajero de amor mediterráneo y empezaba a darle muela. Por supuesto, no soy na cortés. ¿Por qué no te largas, Pancho? Estamos de luna de miel. Hay un perrito que sí es persistente, hasta se sienta cerca de nosotros para impresionarla con los pelos paraos que tiene alrededor de las tetillas, pero en lugar de ignorarlo, ella empieza a hablarle y resulta que también es dominicano, de Quisqueya Heights, un fiscal auxiliar que quiere a su pueblo. Es mejor que sea yo el que los acusa, dice. Por lo menos los entiendo. Pero me quedo pensando que suena como uno de esos hijoeputas que en los viejos tiempos nos vendía al bwana sin pestañear. Después de tres minutos de oírlo hablar, ya no puedo más y le digo a Magda: Deja de hablar con ese comemierda.

El fiscal auxiliar se sobresalta. Eso conmigo no es, dice.

De hecho, sí, sí lo es, le digo.

Esto es increíble. Magda se levanta y camina con rigidez hacia el agua. Tiene una media luna de arena pegada en las nalgas. Esto es una fokin angustia.

El tipo me dice algo pero no le pongo atención. Ya sé lo que ella me va a decir cuando regrese y se siente a mi lado. Ha llegado el momento de que vayas por tu lado y yo por el mío.

Esa noche me quedo rondando por la piscina y el bar, llamado Club Cacique. Magda está desaparecida. Conozco a una dominicana de West New York. Fly, claro. Trigueña, con la greña más escandalosa de este lado de Dyckman. Se llama Lucy. Está hangueando con tres primas adolescentes. Cuando se quita la bata para meterse en la piscina, le veo una telaraña de cicatrices en la barriga.

También conozco a un par de ricachones tomando cognac en la barra. Se presentan como el Vicepresidente y Bárbaro, su guardaespaldas. Debo tener tremenda cara de desastre. Me dejan contarles mis penas como si fueran un par de capos y les estuviera proponiendo un asesinato. Se compadecen de mí. Está como a mil grados y los mosquitos zumban como si fueran a heredar la tierra, pero estos dos tiguerones tienen puestos unos trajes carísimos y Bárbaro hasta lleva un ascot morado amarrado al cuello. Una vez, un soldado trató de serrucharle el cuello y ahora se cubre la cicatriz. Soy un hombre modesto, dice.

Voy al teléfono a ver si llamo al cuarto. Magda no está. Voy a la recepción. No hay mensaje alguno. Regreso a la barra y sonrío.

El Vicepresidente es un tipo joven, de treinta y pico de años y bastante chévere para ser un chupabarrios. Me aconseja que me busque otra jeva, que sea bella y negra. Y yo pienso: Cassandra.

El Vicepresidente agita la mano y los tragos de Barceló aparecen tan rápido que todo aparenta ser ciencia ficción.

La mejor manera de volver a encender una relación es con celos, me aconseja. Esa lección la aprendí cuando era estudiante en Syracuse. Baila con otra mujer, baila un merengue, y a ver si tu jeva no salta a la acción.

Tú querrás decir: Salta a la violencia.

¿Te pegó?

Cuando se lo confesé, me dio tremendo galletazo.

Pero, hermano, ¿cómo se te ocurrió decírselo? Es Bárbaro quien pregunta. ¿Por qué no lo negaste?

Compadre, le mandaron una carta. Tenía evidencia.

El Vicepresidente sonríe fantásticamente y puedo ver claramente por qué es vicepresidente. Luego, cuando regrese a casa, le contaré a mi mamá todo este rollo, y ella me dirá exactamente de qué es vicepresidente este tipo.

Dice: Ellas solo te dan golpes cuando te quieren.

Amén, murmura Bárbaro. Amén.

Todas las amigas de Magda dicen que le puse cuernos porque soy dominicano, que todos los domos somos unos perros y que no se puede confiar en nosotros. Dudo que yo pueda representar a todos los hombres dominicanos, pero tampoco creo que ellas puedan generalizar así. Desde mi punto de vista, no fue por genética; hubo razones. Causalidades.

La verdad es que no hay una relación en el mundo que no pase por turbulencias y sin dudas que ese era el caso de la mía con Magda.

Yo vivía en Brooklyn y ella con sus padres en Jersey, hablábamos todos los días por teléfono y nos veíamos los fines de semana. Generalmente, yo iba a donde ella. Éramos súper Jersey: el mall, la familia, el cine, mucha televisión. Después de un año juntos, así íbamos. Nuestra relación no era el sol, la luna y las estrellas, pero tampoco era una mierda. Especialmente no los sábados por la mañana en mi apartamento cuando ella colaba café estilo campo, filtrándolo por la vaina esa que parece una media. Siempre les decía a sus padres la noche anterior que se iba a quedar en casa de Claribel; ellos de seguro que sabían dónde estaba, pero nunca dijeron na. Yo dormía hasta tarde en la mañana y ella leía rascándome la espalda en lentos círculos, y cuando me quería levantar empezaba a besarla hasta que ella me decía: Por Dios, Yunior, me estoy mojando.

No era infeliz y no andaba buscando otras jevas, como otros locos que conozco. Por supuesto que chequeaba a las otras mujeres, hasta bailaba con ellas cuando salía, pero no guardaba sus números ni na de eso.

Sin embargo, no te creas que el ver a alguien solo una vez a la semana no enfría las cosas, que bastante que las enfría. Uno no se da cuenta hasta que se aparece una jeva nueva en el trabajo, con un culón y tremenda boca y de una vez te empieza a manosear, te toca los pectorales mientras se queja del novio que la trata como un trapo; la verdad es que los negros no entienden a las latinas.

Cassandra. Ella organizaba las apuestas de fútbol americano y hacía crucigramas mientras hablaba por teléfono. Siempre se ponía faldas de mezclilla. Empezamos a salir a almorzar juntos y siempre teníamos la misma conversación. Yo le aconsejaba que dejara al moreno, y ella me aconsejaba que buscara una novia que supiera singar. La primera semana que la conocí cometí el error de contarle que el sexo con Magda jamás había sido nada del otro mundo.

Por Dios, me da pena contigo, decía Cassandra. Rupert por lo menos me da güebo de primera clase.

La primera noche que lo hicimos –y fue buenísimo, la verdad que ella no estaba haciendo cuentos– me sentí tan mal que no pude dormir, a pesar de que ella es una de esas mujeres cuyo cuerpo se te encaja perfectamente. Dentro de mí algo me dijo: Ya lo sabe, así que llamé a Magda desde la misma cama y le pregunté si todo estaba bien.

Suenas raro, me dijo.

Recuerdo a Cassandra, presionando la partidura del toto contra mi pierna mientras yo le decía a Magda: Es que te extraño.

Otro día perfecto y soleado en el Caribe y lo único que Magda me ha dicho es Pásame la crema de sol. Hoy hay una fiesta en el hotel. Todos los huéspedes están invitados. El atuendo es semiformal, pero no tengo ni la ropa ni la energía para vestirme. Pero claro que Magda sí. Se pone unos pantalones gold lamé superapretaos y una blusa corta que le hace juego y que deja que se le vea el anillo que lleva en el ombligo. El pelo le brilla y es negro como la noche y me acuerdo que la primera vez que besé esos rizos, le pregunté: ¿Y dónde están las estrellas? Y ella contestó: Un poquito más pabajo, papi.

Nos paramos frente al espejo. Tengo puestos unos pantalones de vestir y una chacabana estrujá. Ella se pinta los labios; siempre he creído que el universo inventó el color rojo exclusivamente para las mujeres latinas.

We look good, dice.

Es verdad.

Regresa mi optimismo. Se me ocurre que esta es nuestra noche de reconciliación. La abrazo pero ella suelta una bomba sin fokin pestañear: Esta noche, dice, necesito mi espacio.

La suelto.

Sabía que te ibas a poner bravo, dice.

Eres tremenda, cabrona.

Yo no soy la que quería estar aquí. Esto fue idea tuya.

Si no querías venir, entonces ¿por qué coñazo no me lo dijiste?

Así seguimos por un rato hasta que por fin digo: Pal carajo, y me voy.

Me siento a la deriva y no tengo la más mínima idea de qué pasará. Este es el fin del juego, pero en lugar de ponerme más chivo que un chivo, me siento como un pariguayo sin suerte. Pobre de mí. Y me digo a mí mismo una y otra vez: No soy un tipo malo, no soy un tipo malo.

El Club Cacique está repleto. Busco a Lucy. Pero en vez de la jevita, a quien encuentro es al Vicepresidente y a Bárbaro. Están en el lado menos ruidoso de la barra, tomando cognac y discutiendo si hay cincuenta y seis o cincuenta y siete dominicanos en las grandes ligas. Me ofrecen un asiento y me dan una palmada en el hombro.

Este lugar me está matando, les digo.

Qué melodramático. El Vicepresidente busca las llaves en el bolsillo de su traje. Tiene puestos unos zapatos italianos de cuero que parecen unas chancletas trenzadas. ¿Quieres dar una vuelta con nosotros?

Sí, digo. ¿Por qué coños no?

Te quiero enseñar la cuna de nuestro país.

Antes de irnos, le doy un vistazo al club. Ya Lucy llegó. Está sola al final de la barra en un vestido negro muy fly. Me sonríe con interés, levanta el brazo y puedo ver la sombra oscura de su axila. Tiene manchas de sudor en el vestido y picaduras de mosquitos en sus bellos brazos. Pienso que debo quedarme, pero mis pies me sacan inmediatamente del club.

Nos amontonamos en un BMW negro diplomático. Voy en el asiento trasero con Bárbaro, el Vicepresidente va delante, manejando. Dejamos Casa de Campo y la algarabía de La Romana, y pronto todo huele a caña molida. La carretera está oscura —no hay un solo fokin palo de luz— y en las luces del carro se ven los insectos volando como si fuera una plaga bíblica. Nos pasamos la botella de cognac. Como ando con un vicepresidente, calculo que nada fokin importa.

Él está hablando —más que nada sobre el tiempo que estuvo en el estado de Nueva York— pero Bárbaro también está hablando. El traje del guardaespaldas está estrujao y le tiembla la mano cuando fuma. Tremendo fokin guardaespaldas. Me cuenta sobre su niñez en San Juan, cerca de la frontera con Haití. Puro liborio. Yo quería ser ingeniero, me dice. Quería construir escuelas y hospitales para el pueblo. No le pongo mucha atención; pienso en Magda: probablemente jamás volveré a saborear ese toto.

Y de buenas a primeras dejamos el carro, vamos dando tropezones subiendo una lomita. Nos abrimos paso entre matas de guineo y bambú y los mosquitos nos atacan como si fuéramos el especial del día. Bárbaro lleva una linterna gigantesca que arrasa con la oscuridad. El Vicepresidente va maldiciendo, aplastando maleza y murmurando: Está por aquí, por aquí cerca. Esto me pasa por llevar tanto tiempo en el puesto. Y es en ese momento que me doy cuenta que Bárbaro también lleva una fokin ametralladora y que ya no le tiembla la mano. No me mira ni mira al Vicepresidente, solo escucha. No tengo miedo pero esta vaina se está poniendo un poco extraña.

¿Qué tipo de hierro es ese?, pregunto como si na.

Una P-90.

¿Y qué coñazo es eso?

Algo viejo hecho nuevo.

Fantástico, pienso, me ha tocao un filósofo.

Es aquí, nos grita el Vicepresidente.

Me acerco con cautela y veo que está parao al lado de un hoyo en el suelo. Tierra roja. Bauxita. Pero el hoyo es más negro que cualquiera de nosotros.

Esta es la Cueva del Jagua, anuncia el Vicepresidente con voz honda y respetuosa. La cuna de los taínos.

Levanto las cejas. Pensaba que los taínos eran suramericanos.

Estamos hablando de mitología.

Bárbaro trata de apuntar con la luz en el hoyo pero no se ve nada.

¿Quieres ver lo que hay adentro?, me pregunta el Vicepresidente.

Debo haber dicho que sí porque Bárbaro me da la linterna y entre los dos me agarran por los tobillos y me bajan por el hueco. Las monedas se me salen volando de los bolsillos. Bendiciones. No se puede ver mucho, solo unos colores extraños en las paredes gastadas. ¿Verdad que es bello?, vocea el Vicepresidente.

Me doy cuenta que estoy en el lugar perfecto para las revelaciones, para convertirme en una persona mejor. El Vicepresidente probablemente vio su propio futuro en esta oscuridad, los bulldozers derribando ranchitos y desalojando a los pobres. Bárbaro probablemente también tuvo su propia visión —comprándole una casa de cemento a su mamá, enseñándole cómo prender el aire acondicionao— pero a mí, a mí lo único que me llega a la mente es la memoria de la primera vez que Magda y yo hablamos. Fue en Rutgers. Esperábamos la guagua en la calle George y ella estaba vestida de morado. Todos los tonos de morado habidos y por haber.

Y es en ese momento que me doy cuenta que todo ha terminado. Cuando te pones a pensar en el principio es porque has llegado al final. Lloro, y cuando me sacan, el Vicepresidente, indignado, me dice: Por Dios, no seas tan maricón.

Ese debe haber sido un tremendo vudú isleño: el final que vi en la cueva se hizo realidad. Al día siguiente regresamos a Estados Unidos. Cinco meses después recibí una carta de mi ex baby. Yo tenía novia nueva, pero la letra de Magda todavía podía causar que cada molécula de aire en mis pulmones explotara.

Resulta que ella también tenía novio nuevo. Un tipo muy chévere que había conocido. Domo, como yo. Excepto que él sí me quiere, decía.

Pero me estoy adelantando. Para terminar esta historia, tengo que demostrarte qué clase de mamagüebo fui.

Cuando regresé al bungalow esa noche, Magda me estaba esperando. Ya había hecho la maleta, y parecía que había estado llorando.

Me regreso a casa mañana, dijo.

Me senté a su lado. La tomé de la mano. Esto puede funcionar, le dije. Todo lo que tenemos que hacer es tratar.

NILDA

Nilda era la novia de mi hermano.

Así es como comienzan todas estas historias.

Era dominicana, de aquí, y tenía el pelo superlargo como las muchachas pentecostales, y un busto increíble. Estoy hablando de world class. Rafa la colaba en el cuarto del sótano después que mami se acostaba y se lo metía al ritmo de lo que tocaran en la radio en ese momento. Pero tenían que dejar que me quedara en el sótano con ellos, porque si mami me oía en el sofá de arriba acabaría con todo el mundo. Y como yo no iba a pasarme la noche entera en la calle, tenía que ser así.

Rafa no hacía ruido, quizá algo bajito que parecía otra forma de respirar. Pero Nilda sí. Siempre parecía que estaba tratando de no llorar. Era una locura oírla. La Nilda que yo conocí de niño era una de las muchachas más calladas del barrio. Se dejaba una cortina de pelo que le cubría la cara y leía *The New Mutants*, y las únicas veces que miraba directamente era cuando contemplaba lo que había afuera de la ventana.

Pero eso fue antes que le crecieran así aquellas tetas, fue antes que ese girón de pelo negro pasara de ser algo que halar en la guagua a algo que acariciar en la oscuridad. La Nilda nueva vestía pantalones apretaos y camisetas de Iron Maiden; ya se había fugao de la casa de su mamá y estaba alojada en un hogar institucional para adolescentes; ya se había acostao con Toño y Néstor y Little

Anthony de Parkwood, tipos muy mayores para ella. Muchas veces se quedaba en nuestro apartamento porque odiaba a su mamá, la borracha del barrio. Se escapaba por la mañana antes que mi mamá se despertara y la encontrara. Hangueaba por la parada de guagua, como si viniera de su propia casa, con la misma ropa del día anterior y con el pelo sucio, parecía un cuero. Esperaba a mi hermano, no le hablaba a nadie y nadie le hablaba a ella, porque siempre fue una de esas muchachas calladitas, semirretrasadas con quien no se podía hablar a menos que estuvieras dispuesto a terminar enredao en una pila de cuentos estúpidos. Si Rafa decidía no ir a la escuela, entonces ella esperaba cerca del apartamento hasta que veía a mi mamá irse pal trabajo. Algunas veces Rafa la dejaba entrar inmediatamente. Otras veces se quedaba dormido y ella esperaba al otro lado de la calle, haciendo letras con un montón de piedrecitas hasta que lo veía cruzar por la sala.

Tenía bemba de imbécil y una cara de luna muy triste, y la piel reseca. Siempre se estaba untando crema y maldiciendo al padre moreno de quien la había heredao.

Parecía que estaba esperando eternamente por mi hermano. Había noches en que tocaba a la puerta y yo la dejaba entrar. Nos sentábamos juntos en el sofá mientras Rafa trabajaba en la fábrica de alfombras o hacía ejercicios en el gimnasio. Compartía mis cómics nuevos con ella; los leía muy de cerca, pero en cuanto Rafa aparecía me los tiraba y saltaba a sus brazos. Te extrañé, le decía con voz de niña, y Rafa se reía. Lo debías haber visto en esos días: tenía la cara huesuda de un santo. Entonces mami aparecía en la puerta y Rafa se soltaba y caminaba con meneo de cowboy hacia ella y le preguntaba: ¿Hay algo de comer, vieja? Claro que sí, decía mami, tratando de ponerse los espejuelos.

Ese negrito lindo nos tenía a todos a sus pies.

Una vez que Rafa se retrasó en el trabajo y pasamos solos un largo rato en el apartamento, le pregunté a Nilda sobre el hogar para adolescentes. Para entonces solo faltaban tres semanas para que se acabara el año escolar y todo el mundo estaba en un estado de desgane, sin querer hacer na. Yo tenía catorce años y leía *Dhalgren* por segunda vez. Tenía un IQ con el que podría haber partido en dos a cualquiera, pero lo hubiera cambiao en un segundo por un chance a una cara media linda.

Ta to, dijo, mientras tiraba del frente del top, tratando de echarse fresco en el pecho. La comida era terrible pero los chicos estaban buenísimos. Todos se querían acostar conmigo.

Empezó a comerse una uña. Hasta los empleados me llamaban cuando me fui, dijo.

La única razón por la cual Rafa se metió con ella fue porque su última novia se había regresao a Guyana —era una dougla con una sola ceja y una piel como para morirse— y porque Nilda no dejaba de echársele encima. Solo hacía un par de meses que había dejao el hogar para adolescentes, pero ya tenía tremenda reputación de cuero. Muchas de las muchachas dominicanas del pueblo vivían bajo una especie de encierro. Las veíamos en la guagua y en la escuela y de vez en cuando en el Pathmark, pero como la mayoría de sus familias conocían demasiao bien a los tígueres que deambulaban por la barriada, no las dejaban salir a hanguear. Nilda era diferente. Era lo que llamábamos en esos días basura prieta. Su mamá era una borrachona aburría, que se la pasaba de arriba abajo en South Amboy con sus novios blancos. En otras palabras, Nilda era libre y podía hacer lo que le diera su gana, y vaya si lo hacía. Siempre andaba en la calle, donde los carros se le arrimaban. Antes de enterarme de que había regresao del hogar para adolescentes ya se había metío con un negro viejo de los apartamentos de atrás. La tuvo bailando en su güebo por cuatro meses. Los veía paseando en su Sunbird oxidao y abollao mientras yo repartía periódicos. El hijoeputa tenía como trescientos años de edad, pero como tenía carro, una colección de discos y álbumes de fotos de sus días en Vietnam, y le podía comprar ropa para cambiar los trapos que llevaba, ella estaba asfixiá.

Odiaba a ese negro desgraciao con todas mis fuerzas, pero cuando se trataba de hombres no había manera de hablarle a Nilda. Le preguntaba: ¿Qué tal con el güebo arrugao? Y se ponía tan brava que dejaba de hablarme por días. Después me mandaba una nota que decía: Necesito que respetes a mi hombre. Whatever, le contestaba. Entonces el viejo se desapareció, y nadie nunca jamás supo de él, vainas típicas de mi barrio. Y durante un par de meses ella anduvo de uno a otro entre los tiguerones de Parkwood. Los jueves, que era el día que yo compraba cómics, ella pasaba por casa a ver lo que tenía de nuevo, y me contaba lo infeliz que estaba. Nos sentábamos juntos hasta que anochecía y entonces su bíper se disparaba y al darle un vistazo rápido a los números decía: Me tengo que ir. Algunas veces la agarraba y la tumbaba en el sofá y nos quedábamos así un largo rato, yo esperando que se enamorara de mí, y ella esperando no sé qué, pero había momentos en que también se ponía muy seria. Tengo que irme a ver a mi hombre, decía.

Uno de esos días de cómics lo que vio fue a mi hermano después de una de sus carreras de cinco millas. Rafa todavía boxeaba y su cuerpo parecía una escultura, los músculos del pecho y el vientre tan estriados que eran como de un dibujo de Frazetta. Él se fijó en ella porque tenía puestos unos shorts ridículos y una camisetica que se le podía levantar de un estornudo. Se le veía un poquito de barriga entre la camiseta y los shorts. Él le sonrió, y ella se puso superseria e incómoda. Él le dijo que le hiciera un té helao y ella le contestó que se lo podía hacer él mismo. Tú eres visita aquí, le dijo. Debes contribuir algo al fokin mantenimiento de la casa. En cuanto se metió en la ducha, ella fue corriendo a la cocina a hacerle el té. Le dije que lo dejara, pero me contestó: No me es ningún inconveniente. Y entre los tres nos tomamos el té.

Quería advertírselo, decirle que él era una bestia, pero ella ya se había lanzado hacia él a la velocidad de la luz.

Al día siguiente, el carro de Rafa estaba roto —qué coincidencia—, así que tomó la guagua a la escuela y cuando pasó por nuestro lado le agarró la mano y la levantó. Ella dijo: Déjame tranquila. Sus ojos apuntaban directamente al piso. Solo quiero enseñarte algo, le dijo. Ella trataba de soltarse el brazo, pero el resto de su cuerpo se iba con él. Vamos, dijo Rafa, y por fin se rindió. Cuídame el asiento, me dijo ella, volviendo la cabeza en mi dirección, y le contesté: No te preocupes. Antes que la guagua entrara en la 516 ya Nilda estaba sentada en las piernas de mi hermano, cuya mano se había desaparecido por debajo de su falda de tal manera que parecía que le estaba haciendo un procedimiento quirúrgico. Cuando nos bajamos de la guagua, Rafa me agarró y me metió los dedos en la nariz. Huele esto, dijo. Este es el problema de las mujeres.

Por el resto del día, Nilda estaba que no se le podía acercar nadie. Se amarró el pelo en una cola y estaba gloriosa en su triunfo. Hasta las blanquitas que conocían a mi hermano, el musculoso a punto de comenzar su último año escolar, estaban impresionadas. Y mientras Nilda, sentada en una esquina de nuestra mesa en la cafetería, le contaba todo a sus amigas, mis panas y yo almorzábamos unos sándwiches de porquería y hablábamos sobre los X-Men —esto era cuando los X-Men todavía tenían cierta lógica—, y aunque no queríamos admitirlo, la verdad era clara y terrible: las mejores jevitas iban rumbo a la secundaria como mariposas nocturnas siguiendo la luz, y no había na que nosotros, los más jóvenes, pudiéramos hacer al respecto. Mi panita José Negrón —también conocido como Joe Black— fue quien más sufrió la deserción de Nilda, porque se había imaginao que tenía un chance con ella. La primera vez que ella regresó del hogar para adolescentes, se habían tomao de la mano en la guagua, y aunque después ella se fuera con otros, él nunca se pudo olvidar de eso.

Tres noches después, yo estaba en el sótano cuando ella y Rafa se acostaron. Y esa primera vez ninguno de los dos hizo sonido alguno.

Salieron juntos todo ese verano. Nadie hizo na en particular. Mi pandillita patética y yo hicimos una excursión a Morgan Creek y nadamos en el agua que apestaba al lixiviado que se escapaba del vertedero. Apenas ese año fue que comenzamos a coger en serio eso de la bebida y Joe Black le robaba botellas de licor a su papá. Nos las embizcábamos mientras nos mecíamos en los columpios detrás de los apartamentos. Pero por causa del calor, y por lo que sentía muy adentro de mi pecho, muchas veces me quedaba en casa con mi hermano y Nilda.

Rafa siempre andaba cansao y muy pálido. Su transformación había ocurrido en cuestión de días. Le decía: Mírate, blanquito, y él contestaba: Mírate tú, negro feo. Él no tenía ganas de hacer na, y como su carro se había dañado de verdad, nos quedábamos con el aire acondicionao en el apartamento a ver televisión. Rafa había decidido no regresar a la escuela para su último año, y aunque mi mamá tenía el corazón partío y trataba de motivarlo, haciéndolo sentirse culpable por lo menos cinco veces al día, él no paraba de hablar sobre su decisión. Nunca le había gustao la escuela, y después que mi papá nos abandonó por una jevita de veinticinco años, Rafa sintió que ya no tenía que fingir interés. Me gustaría hacer un fokin viaje bien largo, nos dijo. Ver California antes que se hunda en el mar. California, dije. California, dijo. Un tíguere causaría sensación ahí. Me gustaría ir también, dijo Nilda, pero Rafa no le contestó. Había cerrado los ojos y se podía ver que algo le dolía.

Casi nunca hablábamos sobre nuestro padre. Yo estaba más que contento de que ya no me estuviera entrando a palos, pero una vez, al comenzar La Última Gran Ausencia, le pregunté a mi hermano dónde pensaba que se había ido, y Rafa contestó: Como si a mí me fokin importara.

Fin de conversación. Mundo sin fin.

Un día estábamos locos del aburrimiento y nos fuimos a la piscina; entramos de gratis porque Rafa era pana de uno de los salvavidas. Nadé, Nilda buscó mil razones para darle la vuelta a la piscina para demostrar lo chula que estaba en su bikini, y Rafa se estiró bajo un toldo para observarlo todo. De vez en cuando me llamaba y nos sentábamos juntos por un ratico. Cerraba los ojos mientras yo me entretenía estudiando cómo se secaba el agua en mis piernas paliduchas hasta que me decía que volviera a la piscina. Cuando Nilda terminaba su show de comparona, regresaba a donde estaba Rafa descansando y se arrodillaba a su lao. Él le daba un beso largo, sus manos jugando parriba y pabajo por su espalda. No hay na mejor que una jevita quinceañera con un cuerpazo, así parecía que me decían esas manos.

Joe Black siempre los miraba. Compái, murmuraba, está tan buena que le lamería el culo y se lo vendría a contar a ustedes.

Quizá a mí también me hubiera hecho gracia si no conociera tan bien a Rafa. Aunque aparentaba estar enamorao de Nilda, también tenía una pila de jevitas en órbita. Entre ellas había una blanquita viratala de Sayreville, y una morena de Nieuw Amsterdam Village que también se quedaba a dormir en casa y sonaba como una locomotora cuando lo hacían. No recuerdo su nombre, pero sí me acuerdo de cómo brillaba su pelo a la luz de la pequeña lámpara.

En agosto Rafa dejó su trabajo en la fábrica de alfombras. Estoy demasiao cansao, se quejó, y algunas mañanas los huesos de las piernas le dolían tanto que ni siquiera se podía levantar. Cuando esto les pasaba a los romanos cogían un hierro y te hacían añicos las piernas, le comenté mientras les daba masajes a las canillas. El dolor te mataba instantáneamente. Chévere, decía. Anímame un poquitico más, fokin comemierda. Un día mami lo llevó al hospital para un chequeo y después me los encontré a los dos vestiditos y sentaos en el sofá, viendo televisión como si na hubiera ocurrido. Estaban tomaos de la mano y mami parecía chiquitica al lado de él.

¿Y?

Rafa se encogió de hombros. El médico cree que tengo anemia.

La anemia no es tan grave.

No, dijo Rafa, con una sonrisa amarga. Bendito Medicaid.

Lucía terrible a la luz de la televisión.

Ese fue el verano en que todo en lo que nos íbamos a convertir estaba flotando sobre nosotros. Las jevas empezaban a fijarse en mí; no era buenmozo, pero sabía escuchar y tenía los brazos musculosos como un boxeador. En otro universo, probablemente todo hubiera salido bien, hubiera tenido miles de novias, y buenos trabajos, y un mar de amor en que nadar, pero en el mundo en que vivía, tenía un hermano que se estaba muriendo de cáncer y la vida que me esperaba era un túnel largo y oscuro como una milla de hielo negro.

Una noche, un par de semanas antes que empezara la escuela —debieron haber pensao que estaba dormido— Nilda empezó a contarle a Rafa sus planes para el futuro. Creo que hasta ella ya sabía lo que iba a pasar. Oírla hablar, oír cómo ella se imaginaba a sí misma, fue una de las experiencias más tristes que he vivido. Quería liberarse de su mamá y abrir un hogar para niños fugaos de sus casas. Sería bacanísimo, dijo. Sería para niños normales pero con problemas. Lo debía haber querido mucho porque se abrió por completo. Hay gente que habla de un flow, pero lo que oí esa noche fue real, sin rupturas, se contradecía y a la vez tenía sentido total. Rafa no dijo na. Quizá jugaba con su pelo, o quizá ya na le importaba un carajo. Cuando ella terminó no dijo ni wow. Me quise morir de pena. Como a la media hora ella se levantó y se vistió; no me vio o se hubiera enterao de que para mí era hermosa. Se puso los pantalones con un solo gesto y sumió la barriga mientras se lo abotonaba. Hasta luego, dijo.

Sí, le contestó.

Después que se fue prendió la radio y se puso a golpear la pera de boxeo. Dejé de fingir que estaba dormido; me senté y lo observé.

¿Qué pasó? ¿Discutieron?

No, dijo.

Entonces ¿por qué se fue?

Se sentó en mi cama. Tenía el pecho sudoroso. Se tuvo que ir, es todo.

Pero ¿dónde va a vivir?

No sé. Me tocó la cara tiernamente. ¿Por qué te metes en lo que no te importa?

A la semana ya tenía otra novia. Una cocoa-panyol de Trinidad, con un acento inglés falso. Así es como éramos todos entonces. Nadie quería ser negro. Pa-ra na-da.

Pasaron más o menos dos años. Mi hermano ya se había muerto y parecía que yo iba derechito al manicomio. Casi no iba a la escuela, no tenía amigos y me pasaba la vida en casa mirando Univisión, o me iba al vertedero a fumarme la mota que debería haber estado vendiendo hasta volverme ciego. A Nilda tampoco le fue muy bien. Pero muchas de las cosas que le pasaron no tenían na que ver conmigo o con mi hermano. Se enamoró un par de veces más, una vez se enchuló por completo con un moreno camionero que se la llevó para Manalapan y la abandonó al final del verano. Tuve que ir a buscarla. La casa donde se estaba quedando era una cajita con un césped del tamaño de un sello postal y cero encanto. Ella se estaba comportando como si fuera una jevita italiana y en el carro me ofreció un pase, pero le tomé la mano y le dije que ya, que basta. Al regreso, se empató otra vez con un grupo de comemierdas, recién llegaos al barrio desde la ciudad; ellos ya traían su propio rollo y sus melodramas y un grupito de muchachas le dieron tremenda paliza, a lo Brick City, y le tumbaron los dientes de abajo. Entraba y salía de la escuela y por un tiempo le asignaron aprendizaje en casa, pero ahí fue cuando finalmente dejó los estudios. Cuando yo estaba en tercer año, ella empezó a repartir periódicos para conseguir un poco de dinero, y como en ese entonces yo pasaba mucho tiempo en la calle, la veía de vez en cuando. Me partió el corazón. Todavía no había llegado a su punto más bajo, pero iba de camino, y cuando nos topábamos en la calle me sonreía y saludaba. Había empezado a aumentar de peso, se había cortao el pelo casi al rape, y su cara de luna mostraba pesadumbre y soledad. Siempre le decía Wassup, y cuando tenía cigarrillos se los regalaba. Fue al entierro de mi hermano, igual que un par de sus otras ex novias, y había que ver la falda que se puso, como si todavía lo quisiera convencer de algo. Le dio un beso a mi mamá pero la vieja no la reconoció. Rumbo a casa le tuve que explicar a mami quién era, pero de lo único que se acordaba de ella es que era la que olía rico. No fue sino hasta que mami lo comentó que me di cuenta que era cierto.

Fue solo un verano y no es que ella haya sido nadie especial, así que ¿a qué viene todo esto? Él ya no está, no está, no está. Tengo veintitrés años y estoy lavando mi ropa en el mini mall de Ernston Road. Ella está aquí conmigo, doblando su ropa y sonriéndome y mostrándome el vacío en su dentadura. Y me dice: ¿Hace mil años, no, Yunior?

Muchísimos, le digo mientras pongo los calzoncillos y camisetas en la lavadora. Afuera no se ve una sola gaviota en el cielo, y mi mamá me está esperando en el apartamento para cenar. Seis meses atrás estábamos sentaos frente al televisor y mami dijo: Bueno, creo que ya finalmente me cansé de este lugar.

Nilda pregunta: ¿Se mudaron o qué?

Sacudo la cabeza. Na, solo he estao trabajando.

Dios, la verdad es que ha pasao mucho, mucho tiempo. Dobla su ropa como una maga, todo arregladito, todo en su lugar. En el mostrador de la lavandería hay cuatro personas, unos negros que parecen estar en olla, con medias altas, gorras de crupier y cicatrices como serpientes por los brazos. Todos parecen sonámbulos al lado de ella. Sacude la cabeza, sonríe de oreja a oreja. Tu hermano, dice.

Rafa.

Me señala con el dedo como siempre lo hacía mi hermano.

De vez en cuando lo extraño.

Asiente. Yo también. Fue bueno conmigo.

Se tiene que haber dao cuenta de la incredulidad en mi expresión porque me mira fijo mientras sacude las toallas. Fue el que mejor me trató.

Nilda.

Solía dormir con mi pelo en la cara. Me decía que lo hacía sentirse a salvo.

¿Qué más hay que decir? Ella termina de doblar su ropa y le abro la puerta. La gente nos mira al salir. Caminamos por el viejo barrio, más despacio por el peso de la ropa. London Terrace ha cambiao desde que cerraron el vertedero. Subieron los alquileres y ahora una ola de asiáticos y blanquitos viven en los apartamentos, pero son nuestros carajitos los que se ven hangueando en la calle y en las terrazas.

Nilda mira al suelo como si tuviera miedo de caerse. Me palpita el corazón y pienso: Podríamos hacer cualquier cosa. Hasta nos podríamos casar. Podríamos ir a California. Podríamos comenzar de nuevo. Todo es posible, pero ninguno de los dos dice na y el momento pasa y entonces regresamos a nuestro mundo de siempre.

¿Te acuerdas del día en que nos conocimos?, me pregunta.

Asiento.

Querías jugar pelota.

Era verano, digo. Tenías puesta una camiseta sin mangas.

Me obligaste a ponerme otra camisa para poder ser parte de tu equipo. ¿Te acuerdas?

Me acuerdo, digo.

Jamás volvimos a hablar. Un par de años después me fui del barrio pa la universidad y nunca más supe qué coño fue de ella.

ALMA

Tú, Yunior, tienes una novia que se llama Alma, que tiene un cuello de caballo tierno y largo y un culazo dominicano que parece existir en una cuarta dimensión más allá de sus jeans. Un culo que podría sacar de órbita a la luna. Un culo que ella siempre despreció hasta que te conoció. No pasa un día en el que no quieres pegar la cara contra ese culo o morder los delicados tendones que se deslizan por su cuello. Te encanta cómo se estremece cuando la muerdes, cómo se resiste con esos brazos que tiene, tan flacos que deberían protagonizar un documental.

Alma estudia en Mason Gross, es una de esas alterlatinas que escuchan Sonic Youth y leen cómics, y sin la cual posiblemente jamás hubieras perdido tu virginidad. Se crió en Hoboken, parte de la comunidad latina cuyo corazón se quemó cuando en los años ochenta los edificios de los viejos proyectos de vivienda se consumieron en llamas. Pasó casi todos sus días de juventud en Losaida, y pensaba que ahí viviría toda su vida, pero entonces tanto NYU como Columbia dijeron nyet, y terminó aún más lejos de la ciudad que antes. Alma está ahora en una fase de pintora, y toda la gente a la que pinta tiene color de moho, se ven como si los hubieran dragado del fondo de un lago. Eres el tema de su última obra, en la que apareces recostado en la puerta de la calle, con los hombros caídos, y lo único reconocible de ti es esa mirada que dice: Tuve una niñez tercermundista terrible y todo lo que le saqué fue esta mala cara. Te ha pintado un antebrazo gigantesco. Te dije que incluiría los músculos. En las últimas semanas, ahora que hace un poquitico de calor, Alma ha abandonado el color negro y ha comenzado a ponerse unos vestiditos de una tela tan fina que parece papel de tisú; un viento ligero la podría desnudar. Te dice que lo hace por ti: Estoy reclamando mi herencia dominicana (y no es mentira, hasta está estudiando español para poder atender mejor a tu mamá), y cuando la ves en la calle, pavoneándose y pavoneándose, sabes exactamente lo que está pensando cada tíguere que le pasa por el lado, porque tú también estás pensando exactamente lo mismo.

Alma es tan flaquita como una caña y tú eres un bloc adicto a los esteroides; a Alma le encanta manejar, a ti los libros; Alma tiene un Saturn, y tú no tienes ni una mancha en tu licencia de conducir; ella tiene las uñas demasiado sucias como para cocinar, y tu espagueti con pollo es el mejor del mundo. Son tan diferentes, ella voltea los ojos cada vez que pones las noticias y dice que no «soporta» la política. Ni siquiera se considera hispana. Se jacta ante sus amigas de que eres un «radical» y un domo de verdad (aunque en el Plátano Index no apareces ni en el último lugar, Alma siendo solo la tercera latina con quien has salido). Alardeas con tus panas de que ella tiene más discos que ninguno de ellos y que cuando singáis ella dice vainas terribles como una blanquita. Es más atrevida en la cama que ninguna de las jevas con las que te has acostado; la primera vez que estuviste con ella te preguntó si querías venirte en sus tetas o en su cara, pero aparentemente te faltó alguna lección en tu adiestramiento varonil y le dijiste: Hummm, en ninguna de las dos. Por lo menos una vez a la semana se arrodilla en el colchón frente a ti y mientras con una mano se hala sus oscuros pezones, con la otra se toca sin dejar que la toques, sus dedos sobando su suavidad y en la cara una desesperada y furiosa expresión de felicidad. También le gusta hablar cuando hace de mala y te susurra: Te encanta mirarme, ¿verdad?, te encanta escucharme venir, y cuando termina suelta un gemido largo y demoledor y solo entonces te permite que la abraces mientras te restriega sus pegajosos dedos en el pecho.

Sí, es algo así como de atracción de polos opuestos, como de sexo estupendo y de no pensar. ¡Es maravilloso! ¡Maravilloso! Hasta que un día de junio Alma descubre que también te estás singando a una bella muchacha de primer año llamada Laxmi, se entera de la rapadera con Laxmi porque ella, Alma, tu novia, abre tu diario y lo lee (por supuesto que lo sospechaba). Te espera en la entrada de la casa y cuando parqueas el Saturn te das cuenta que tiene el diario en la mano, y el corazón se te hunde igual que se desploma un gordo condenao por el hueco de la trampa en la plataforma de la horca. Te tomas tu tiempo para apagar el carro y por poco te ahogas en una tristeza pelágica; tristeza porque te descubrieron, pero también por el hecho incontrovertible de que jamás te perdonará. Miras esas increíbles piernas y también lo que hay entre ellas, ese toto mucho más increíble aún, y que has querido tan inconstantemente en estos últimos ocho meses. Te bajas del carro solo cuando ella se dirige hacia ti echando chispas. Cruzas el césped como si estuvieras bailando, impulsado por los últimos humos de tu escandalosa sinvergüencería. Hey, muñeca, dices recurriendo a evasivas hasta el final. Cuando empieza a gritarte, le preguntas: Darling, pero ¿qué te pasa?, y te dice:

mamagüebo
hijoeputa de mierda
domo arrepentío.

Y declara:

que lo tienes chiquitico

que lo que tienes no es na

y lo peor de todo: que te gusta el toto con curry

(cosa que de verdad es injusta, tratas de explicarle, ya que Laxmi es de Guyana, no de la India, pero Alma no te pone atención).

En lugar de bajar la cabeza y asumir la responsabilidad como un hombre, recoges el diario como si fuera un pañal repleto de mierda, como si fuera un condón enlechao. Les echas un vistazo a los pasajes ofensivos. Entonces la miras y le sonríes una sonrisa que tu propia cara mentirosa recordará hasta el día que te mueras. Baby, dices, baby, esto es parte de mi novela.

Y así es como la pierdes.

OTRA VIDA, OTRA VEZ

Él se sienta en el colchón, sus nalgas desplegándose de tal manera que estira y saca la sábana de las esquinas. La ropa que tiene puesta está tiesa del frío, y la pintura seca salpicada por los pantalones se ha congelado y vuelto remaches. Huele a pan. Ha estado hablando de la casa que quiere comprar, y lo difícil que es encontrar una cuando eres latino. Cuando le pido que se levante para arreglar la cama, camina hacia la ventana. Tanta nieve, dice. Asiento pero quisiera que se callara. Ana Iris está tratando de dormir en el otro extremo del cuarto. Se ha pasado media noche rezando por sus hijos allá en Samaná y sé que por la mañana tiene que ir a trabajar en la fábrica. Ella se mueve inquieta, sepultada bajo las mantas, tiene hasta la cabeza debajo de la almohada. Aun aquí, en Estados Unidos, coloca un mosquitero por encima de la cama.

Hay un camión tratando de doblar la esquina, me dice. Me alegro de no ser ese chamaco.

Hay mucho tráfico en la calle, digo, y así es. Por las mañanas encuentro la sal y gravilla que derramaran los camiones por el césped, como tesoros en la nieve. Acuéstate, le digo, y viene hacia mí y se desliza debajo de las mantas. Su ropa es áspera y espero hasta que se ponga calentito entre las sábanas para desabrocharle el pantalón. Tiritamos juntos y él no me toca hasta que dejamos de hacerlo.

Yasmín, dice. Su bigote roza mi oreja, serruchando. Un hombre murió hoy en la fábrica de pan. Por un momento, no dice más nada, como si el silencio fuera un elástico que le va a traer las próximas palabras. Un tipo se cayó de las vigas del techo. Héctor lo encontró entre las transportadoras.

¿Lo conocías?

Sí. Lo recluté en un bar. Le prometí que no lo iban a engañar.

Qué mala suerte, digo. Espero que no haya tenido familia.

Creo que sí.

¿Lo viste?

¿Cómo que si lo vi?

¿Que si lo viste muerto?

No. Llamé al supervisor y me dijo que no dejara que nadie se acercara. Cruza los brazos. Y yo que siempre trabajo en esas vigas.

Tú eres un hombre con suerte, Ramón.

Sí, pero ¿y si hubiera sido yo?

No hagas preguntas estúpidas.

¿Qué hubieras hecho tú?

Aprieto mi cara contra la suya; si espera más entonces se ha equivocado de mujer. Quiero decirle: Haría exactamente lo mismo que tu esposa en Santo Domingo. Ana Iris refunfuña desde su esquina, pero no le pasa nada. Está tratando de evitar que me meta en problemas. Él se queda callado porque no quiere despertarla. Después de un rato, va y se sienta al lado de la ventana. Está nevando de nuevo. Radio WADO dice que este invierno va a ser peor que los últimos cuatro, quizá peor que los últimos diez. Lo observo: fuma, sus dedos trazan los huesos finos de la cuenca de sus ojos, la piel suelta alrededor de la boca. Me pregunto en quién estará pensando. Su esposa, Virta, o quizá su hijo. Tiene una casa en Villa Juana; he visto las fotos que Virta mandó. Ella se ve flaca y triste, el hijo difunto a su lado. Él guarda las fotos en un jarro muy bien sellado debajo de su cama.

Nos quedamos dormidos sin besarnos. Más tarde yo me despierto y él también. Le pregunto que si va a regresar a su apartamento y me dice que no. La próxima vez que abro los ojos, él sigue dormido. En el frío y la oscuridad del cuarto podría ser cualquiera. Levanto su manota. Pesa, y tiene harina bajo las uñas. Algunas veces le beso los nudillos, arrugados como ciruelas. En los tres años que hemos estado juntos, sus manos siempre han tenido sabor a galleta y pan.

No habla ni conmigo ni con Ana Iris mientras se viste. En el bolsillo de la chaqueta lleva una rasuradora desechable azul cuyo filo ha empezado a oxidarse. Se enjabona los cachetes y el mentón con el agua fría aún por las tuberías; se raspa la cara para dejarla limpia, cambiando tocones de barba por postillas. Sigo mirándolo mientras mi pecho desnudo se eriza como piel de gallina. Pisa fuerte cuando baja las escaleras y sale a la calle, todavía lleva un poquitico de pasta dental pegada a los dientes. Tan pronto sale, oigo a mis compañeras de cuarto quejándose de él. Cuando entre en la cocina, me preguntarán si no tiene su propia cama en que dormir. Y les diré que sí, sonriendo. Por la ventana cubierta de escarcha lo veo cuando se sube la capucha y se arregla la triple capa de camisa, suéter y abrigo.

Ana Iris emerge de entre las mantas. ¿Qué haces?, me pregunta.

Nada, digo. Me observa desde la telaraña loca de su pelo mientras me visto.

Tienes que aprender a confiar en tus hombres, me dice.

Confío.

Me besa la nariz, baja las escaleras. Me peino, limpio las migajas y los pelos púbicos del cubrecama. Ana Iris no cree que él me vaya a dejar; cree que ya está muy bien instalado aquí, que hemos estado juntos demasiado tiempo. Es el tipo de hombre que va al aeropuerto pero que no se acaba de montar en el avión, me dice. Ana Iris dejó sus hijos en la isla y no ha visto a aquellos tres muchachos en casi siete años. Ella entiende lo que se sacrifica para poder viajar.

En el baño, contemplo mis ojos. Los pelitos de su barba siguen atrapados en gotas de agua y tiemblan como agujas de brújulas.

Trabajo a dos cuadras, en el hospital Saint Peter. Nunca llego tarde. Nunca salgo de la lavandería del hospital. Nunca me escapo del calor. Lleno las lavadoras, lleno las secadoras, despego la tela de pelusa de los filtros, mido tazas rebosantes del detergente cristalizado. Superviso a otras cuatro trabajadoras y gano un sueldo americano, pero es trabajo de burro. Uso guantes para separar las montañas de sábanas. Las sucias las traen las camilleras, casi todas morenas. Nunca veo a los enfermos; me visitan a través de las manchas y las marcas que dejan en las sábanas, un alfabeto de dolor y muerte. Muchas veces las manchas son muy intensas y tengo que poner las sábanas en una canasta especial. Una de las muchachas de Baitoa me dijo que se enteró de que todo lo que cae en esa canasta lo incineran. Por el sida, me susurra. Algunas veces las manchas están oxidadas y son viejas y otras veces la sangre huele tan fresca como lluvia. Con toda la sangre que vemos te imaginarías que hay una gran guerra mundial. Pero es solo la guerra dentro de los propios cuerpos, dice la nueva empleada.

No es que se pueda contar mucho con las muchachas, pero disfruto trabajar con ellas. Ponen música, discuten, y me hacen cuentos divertidos. Y como no les grito ni las presiono, les caigo bien. Son jóvenes, y están en Estados Unidos porque sus padres las mandaron. Tienen la misma edad que yo cuando llegué. Me ven ahora, a los veintiocho y con cinco años aquí, como una veterana, una roca, pero en esos primeros días me sentía tan sola que cada día era como si me comiera mi propio corazón.

Algunas de las muchachas tienen novios y esas son precisamente con las que no se puede contar. Llegan tarde o se desaparecen por semanas enteras; se mudan a Nueva York o Union City sin avisar. Entonces tengo que ir a la oficina del manager. Es un hombre bajito, flaquito, parece un pájaro; no tiene un pelo en la cara, pero se le ve un puñado en el pecho y otro en el cuello. Cuando le digo lo que ha pasado, saca la solicitud de trabajo de la muchacha que se ha ido y la rompe en dos; es un sonido muy limpio. En menos de una hora ya una de las otras me ha mandado una amiga para llenar una solicitud de trabajo.

La más nueva se llama Samantha y es problemática. Es trigueña, de mala cara y con una boca que parece llena de vidrio; cuando menos te lo esperas, te corta. Empezó cuando una de las otras se fugó a Delaware. Lleva solamente seis semanas en Estados Unidos y no puede creer que haga tanto frío. Ya van dos veces que tumba los barriles de detergente; tiene el mal hábito de trabajar sin guantes y luego tocarse los ojos. Me cuenta que ha estado enferma, que se ha tenido que mudar dos veces, y que sus compañeras de casa le han robado dinero. Tiene la mirada asustada y atormentada del que tiene mala suerte. Trabajo es trabajo, le digo, pero le presto algo para el almuerzo y la dejo que use las máquinas para lavar su propia ropa. Creía que me iba a dar las gracias, pero en vez me dice que hablo como un hombre.

Esto se pone mejor, ¿no?, la oigo cuando les pregunta a las otras. Peor, le dicen. Deja que llegue la lluvia helada. Me mira con media sonrisa, insegura. Tiene quince años, quizá, y es demasiado flaca para haber parido, pero ya me ha enseñado las fotos de su gordito, Manolo. Está esperando que le conteste, le interesa mi opinión porque soy la veterana, pero volteo la cara y lleno la próxima lavadora. He tratado de explicarle el truco del trabajo duro pero no le importa. Mastica chicle y me sonríe como si yo fuera una vieja de setenta. Cuando abro la próxima sábana tiene una mancha de sangre como una flor, más o menos del tamaño de mi mano. A la canasta, digo, y Samantha la destapa. Hago una bola con la sábana y la tiro. Cae perfectamente, y el peso del centro se lleva las esquinas.

Después de nueve horas de alisar sábanas, llego a casa y me como una yuca fría con aceite caliente mientras espero que Ramón venga por mí en un carro prestado. Me va a llevar a ver otra casa. Ha sido su sueño desde que puso pie en Estados Unidos, y ahora, después de todos los trabajos que ha tenido y el dinero que ha ahorrado, tiene la posibilidad. ¿Cuántos llegan a este punto? Solo los que nunca se desvían, los que jamás cometen errores, los que jamás tienen mala suerte. Así es Ramón, más o menos. Para él, la casa es algo serio, lo que quiere decir que lo tiene que ser para mí también. Cada semana salimos al mundo a ver lo que hay. Para él, es toda una ocasión, y se viste como si estuviera entrevistándose para una visa. Manejamos por los barrios más tranquilos de Paterson, donde los árboles les hacen fondo a los techos y los garajes. Es muy importante tener cuidado, dice, y estoy de acuerdo. Me lleva cuando puede, pero me doy cuenta que no ayudo mucho. No me gusta el cambio, le digo, y por lo tanto solo veo lo malo de las casas que le gustan a él. Luego, de vuelta en el carro, me acusa de sabotaje, de ser dura.

Se supone que esta noche vamos a ver otra casa. Entra en la cocina aplaudiendo, las manos resecas, pero no estoy de buen humor y se da cuenta. Se sienta a mi lado. Me toca la rodilla. ¿No vienes conmigo?

Me siento mal.

¿Tan mal?

Lo suficientemente mal.

Se pasa la mano por la barba. ¿Y qué pasa si encuentro la casa? ¿Quieres que decida solo?

No creo que eso vaya a pasar.

¿Y si sí?

Jamás me mudaré a esa casa, y tú lo sabes.

Hace una mueca. Mira el reloj. Se va.

Ana Iris está en su otro trabajo, así que estoy sola en casa esta noche, escuchando por la radio cómo el país entero se está congelando. Trato de mantenerme en calma, pero para las nueve de la noche ya tengo todo lo que Ramón guarda en el clóset desplegado ante mí, precisamente las cosas que me ha advertido que jamás debo ni siquiera tocar. Sus libros y alguna ropa, unos espejuelos viejos en un estuche de cartón, y un par de chancletas gastadas. También hay cientos de billetes de lotería en rollos que se desbaratan cuando los toco. Y docenas de postalitas de béisbol, todos jugadores dominicanos –Guzmán, Fernández, los Alou– bateando, abanicando y atrapando un tremendo linietazo del otro lado de la raya. Me ha dejado ropa sucia para lavar, pero no he tenido tiempo de hacerlo. Ahora la preparo y veo que todavía hay levadura en los ruedos de los pantalones y en los puños de las camisas de trabajo.

Las cartas de Virta están en una caja en la repisa de arriba del clóset, amarradas con una liga gruesa de color marrón. Son casi ocho años de cartas. Los sobres están desgastados y frágiles y creo que se le ha olvidado que las escondió allí. Las encontré un mes después de que guardó sus cosas, al principio de nuestra relación. No pude resistir la tentación, aunque después me arrepentí.

Jura que dejó de escribirle el año antes de que comenzáramos, pero no es verdad. Todos los meses paso por su apartamento a dejarle la ropa limpia y leo las cartas nuevas, las que esconde debajo de la cama. Me sé el nombre completo de Virta, su dirección, sé que trabaja en una fábrica de chocolates y también sé que Ramón no le ha dicho nada sobre mí.

Con los años las cartas se han vuelto más bellas y ahora la letra de su esposa también ha cambiado; hace nudos, enlaza las letras alargándolas más allá de la línea siguiente, como un timón. Por favor, querido esposo, por favor, háblame, dime qué pasa. ¿Cuánto tiempo tuvo que pasar para que tu esposa dejara de importarte?

Me siento mejor después de leer las cartas. Pero no creo que eso diga nada bueno de mí.

No estamos aquí para divertirnos, me dijo Ana Iris el día que nos conocimos, y le contesté: Tienes razón, aunque no quería admitirlo.

Hoy le repito lo mismo a Samantha y ella me mira con odio. Cuando llegué al trabajo esta mañana, me la encontré llorando en el baño, y aunque quisiera dejarla descansar por una hora, nuestros jefes jamás nos lo permitirían. La puse a doblar pero ahora le tiemblan las manos y está a punto de ponerse a llorar de nuevo. La vigilo un rato y entonces le pregunto que qué le pasa y ella me dice: ¿Qué no me pasa?

Este país no es fácil, dice Ana Iris. Hay muchas muchachas que no duran ni un año.

Concéntrate en el trabajo, le aconsejo a Samantha. Eso ayuda.

Asiente, pero su cara de niña está vacía. Probablemente extraña a su hijo, o al padre del pequeño. O a nuestro país entero, en el que nunca piensas hasta que ya no está al alcance, y al que nunca quieres tanto hasta que estás lejos. Le aprieto el brazo y subo a la oficina a reportarme. Cuando regreso se ha desaparecido. Las otras se hacen las que no se han dado cuenta. Chequeo el baño y me encuentro una pila de toallas de papel estrujadas en el piso. Las recojo y las abro y las pongo sobre el lavamanos.

Hasta después del almuerzo sigo esperando que regrese y diga: Aquí estoy. Salí a coger un poco de aire.

La verdad es que me siento muy dichosa de tener una amiga como Ana Iris. Es mi hermana. La mayoría de la gente que conozco en Estados Unidos no tienen amigos; viven atestados en pequeños apartamentos. Tienen frío, se sienten solos, cansados. He visto las filas en esos lugares para hacer llamadas, y también a los tipos que venden números de tarjetas de crédito robadas, y todos los cuartos que llevan en los bolsillos.

Era igual cuando llegué a Estados Unidos, andaba sola, vivía con nueve mujeres en un segundo piso arriba de un bar. No se podía dormir de noche por la gritería, la bulla y las botellas explotando en el bar. Mis compañeras de cuarto se la pasaban discutiendo sobre quién le debía cuánto a quién y quién le había robado a quién. Cuando tenía algún dinero iba al lugar de las llamadas y llamaba a mi mamá, pero era solo para oír las voces de la gente del barrio cuando pasaban el teléfono de mano en mano, como si mi voz les pudiera traer buena suerte. En ese entonces Ramón era mi jefe. Todavía no estábamos juntos, eso tomaría dos años. Él tenía un guiso de limpiar casas, allá en Piscataway. El día que nos conocimos me echó una mirada crítica. ¿Y de qué pueblo eres?

Moca.

Mata dictador, dijo, y al rato me preguntó cuál era mi equipo favorito.

Águilas, le dije sin interés.

Licey, explotó. Es el único equipo en la isla que vale la pena.

Lo dijo en el mismo tono de voz que usaba para mandarme a limpiar un inodoro o fregar una estufa. En esos días no me caía nada bien. Era demasiado arrogante y escandaloso y me ponía a canturrear cuando lo oía discutiendo el pago con los dueños de las casas. Pero por lo menos no trataba de violarte, como era la costumbre entre los otros jefes. Por lo menos. No miraba a nadie, no tocaba a nadie. Tenía otros planes, planes importantes, nos decía, y con simplemente observarlo se lo creías.

Mis primeros meses aquí me los pasé limpiando casas y oyendo a Ramón discutir. En aquellos tiempos daba largas caminatas por la ciudad y esperaba los domingos para llamar a mi mamá. Durante el día me contemplaba en los espejos de aquellas casas espléndidas y me decía que me estaba yendo muy bien y al llegar a la casa me sentaba frente del pequeño televisor alrededor del cual todas nos apretujábamos, y creía que lo que tenía era suficiente.

Conocí a Ana Iris después que fracasó el negocio de Ramón. No hay suficientes ricos por estas partes, dijo sin desánimo. La conocí en una pescadería a través de unos amigos. Mientras hablábamos Ana Iris partía y preparaba pescado. Pensé que era boricua, pero después me dijo que era mitad boricua, mitad dominicana. Lo mejor y lo peor del Caribe, dijo. Era rápida y exacta cuando cortaba y sus filetes no eran irregulares como muchos de los otros que reposaban sobre el hielo granizado. Quería saber si yo podía trabajar en un hospital.

Hago lo que sea, dije.

Habrá sangre.

Si tú puedes picar pescado, yo puedo trabajar en un hospital.

Fue quien me tomó las primeras fotos que mandé a Santo Domingo, fotos borrosas en las que sonreía, bien vestida e insegura. En una estoy parada frente a un McDonald's porque sabía que a mi mamá le iba a gustar esa americanada. En otra estoy en una librería y hago como que estoy leyendo, aunque el libro es en inglés. Tengo el pelo recogido y la piel alrededor de las orejas se me nota pálida por falta de sol. Me veo tan flaca que parezco enferma. En la foto que quedo mejor estoy frente a un edificio de la universidad. No se ve ni un estudiante pero hay cientos de sillas plegables que han arreglado para un evento. Estoy frente a las sillas y las sillas frente a mí y bajo esa luz mis manos parecen deslumbrantes contra el azul de mi vestido.

Tres noches a la semana vamos a ver casas. Están en malísimas condiciones; son casas para fantasmas y cucarachas y para nosotros, los hispanos. Aun así, hay poca gente dispuesta a vendérnoslas. En persona nos tratan bien pero al final nunca nos llaman, y la próxima vez que Ramón pasa por cualquiera de las casas, ya hay otra gente viviendo allí, casi siempre blanquitos, cuidando el césped que debía haber sido nuestro, y espantando cuervos de lo que debían haber sido nuestras moreras. Hoy un abuelo con rayitos rojos entre las canas nos dijo que le caímos bien. Fue soldado y estuvo en nuestro país durante la Guerra Civil. Buena gente, dice. Gente linda. La casa no está completamente arruinada y los dos estamos nerviosos. Ramón lo escudriña todo como una gata preñada buscando dónde parir. Entra en los clósets, da golpecitos en las paredes y se pasa por lo menos cinco minutos chequeando con la yema de los dedos los empalmes húmedos en las paredes del sótano. Huele el aire en busca de moho. En el baño yo descargo el inodoro mientras él revisa la presión del agua con la mano bajo el chorro de la ducha. Registramos los gabinetes de la cocina a ver si hay cucarachas. En la habitación de al lado, el abuelo está en el teléfono chequeando nuestras referencias y se ríe por algo que le dicen.

Cuando cuelga le comenta algo a Ramón que no entiendo. Con esta gente no me fío ni en el tono de voz, te mientan la madre con el mismo tono con que te saludan.

Espero, pero sin esperanza, hasta que Ramón se me acerca y dice que todo parece estar en orden.

Maravilloso, digo, todavía convencida de que Ramón va a cambiar de parecer. Él no confía en nada ni nadie, y cuando llegamos al carro empieza, seguro de que el viejo le está tratando de hacer trampa.

Pero ¿qué pasa? ¿Viste algo sospechoso?

Es que hacen que todo parezca bien, es parte del truco. Tú verás, en dos semanas se nos cae el techo encima.

¿No crees que lo arregle?

Dice que sí, pero ¿cómo vas a confiar en un viejo como ese? Si ese viejo debería estar en un asilo.

No hablamos más. Baja la cabeza, sube los hombros, y los tendones del cuello se le sobresaltan. Sé que si abro la boca, explota. Frena al llegar a casa y los neumáticos resbalan en la nieve.

Pregunto: ¿Vas a trabajar esta noche?

Claro que voy a trabajar esta noche.

Está cansado y se acomoda en el Buick. El parabrisas está sucio y cubierto de hollín, y en los márgenes del cristal donde no llegan los limpiavidrios hay como una corteza. Vemos a dos carajitos bombardeando a un tercero con bolas de nieve y siento cuando Ramón se entristece; sé que está pensando en su hijo, y en ese momento lo que quiero es abrazarlo y decirle que todo va a salir bien.

¿Te veo después?

Depende de cómo vaya el trabajo.

OK, digo.

Cuando les cuento lo de la casa a mis compañeras de cuarto, sentadas alrededor de la mesa cubierta por un mantel manchado de grasa, intercambian sonrisas falsas. Parece que vas a estar bien cómoda, dice Marisol.

Sin preocupaciones para ti.

Cero preocupaciones. Debes estar muy orgullosa.

Sí, les digo.

Cuando me acuesto oigo los camiones rondando por las calles, llenos de sal y arena. Me despierto a media noche y me doy cuenta que él no ha regresado, pero no me enojo sino hasta por la mañana. La cama de Ana Iris está hecha, el mosquitero doblado con cuidado al pie del cubrecama. La oigo haciendo gárgaras en el baño. Tengo las manos y los pies morados del frío y no puedo ver por la ventana porque está cubierta de escarcha y carámbanos de hielo. Cuando Ana Iris comienza a rezar, le ruego que no, que hoy no, por favor.

Ella baja las manos. Me visto.

Me habla de nuevo sobre el hombre que se cayó de las vigas. ¿Qué harías si hubiese sido yo?, me pregunta de nuevo.

Me buscaría otro hombre, le digo.

Sonríe. ¿Ah, sí? ¿Y dónde lo buscarías?

Tienes amigos, ¿no?

¿Y qué tipo de hombre tocaría la novia de un amigo muerto?

No sé, digo. No tendría por qué decírselo a nadie. Encontraría un hombre en la misma manera que te encontré a ti.

Pero todo el mundo se daría cuenta. Hasta el más bruto vería la muerte en tus ojos.

No hay que pasarse la vida entera de luto.

Hay gente que sí. Me besa. Apuesto que tú sí. Soy un hombre difícil de remplazar. Eso me dicen en el trabajo.

¿Cuánto tiempo estuviste de luto por tu hijo?

Deja de besarme. Enriquillo. Estuve de luto por mucho tiempo. Todavía lo extraño.

Pues no se te ve.

Es que no me miras con el suficiente cuidado.

No creo que se te vea.

Baja la mano. No eres una mujer sagaz.

Solo te digo que no se te ve.

Ahora veo, dice, que no eres una mujer sagaz.

Mientras se sienta al lado de la ventana y fuma, saco de mi cartera la última carta de su mujer y la abro para que la vea. No sabe lo descarada que puedo ser. Es una sola hoja y huele a agua de violeta. En el centro de la página Virta ha escrito con cuidadosa letra: Por favor. Eso es todo. Le sonrío y vuelvo a meter la carta en el sobre.

Una vez Ana Iris me preguntó que si lo quería y le conté sobre las luces en mi antigua casa en la capital, cómo parpadeaban y nunca sabías si se iban a ir. Tenías que dejar lo que estuvieras haciendo y esperar porque la verdad es que no podías hacer nada hasta que las luces se decidieran. Así, le dije, es como me siento.

Su mujer es así: pequeña, con enormes caderas y la grave seriedad que le toca a una mujer a quien llamarán doña antes que cumpla los cuarenta. Sospecho que si viviéramos la misma vida jamás seríamos amigas.

Levanto las sábanas azules del hospital frente a mí y cierro los ojos, pero las manchas de sangre insisten en flotar en la oscuridad. ¿Y si usamos cloro?, me pregunta Samantha. Ha regresado pero no sé cuánto tiempo se quedará. No entiendo por qué no acabo de despedirla. Quizá porque quiero darle un chance. Quizá porque quiero ver si se queda o se va. ¿Y eso qué me dirá? Sospecho que nada. En la funda que tengo a mis pies está la ropa de Ramón y la lavo junto con las cosas del hospital. Por un día llevará el olor de mi trabajo, pero sé que el pan es más fuerte que la sangre.

No he dejado de buscar evidencias de que la extraña. No debes pensar en eso, me dice Ana Iris. Sácate eso de la cabeza. Te vas a volver loca.

Así es como Ana Iris sobrevive aquí, como puede mantener su equilibrio a pesar de la situación con sus hijos. Así es como todos sobrevivimos aquí, en parte. He visto fotos de sus tres hijos, tres varoncitos jugando en el Jardín Japonés, cerca de un pino, sonriendo, el más pequeño es solo una mancha borrosa de azafrán que trata de evitar la cámara. Procuro seguir sus consejos y de camino a casa y al trabajo me concentro en los otros sonámbulos que me rodean, los hombres que barren las calles y los que se paran en la entrada trasera de los restaurantes con el pelo sin cortar, fumando cigarrillos; la gente trajeada que sale de los trenes en tropel, muchos harán una parada en casa de sus amantes y eso es en todo lo que pensarán mientras mastican la cena fría en sus hogares, mientras están en la cama con sus parejas. Pienso en mi mamá, que tuvo una relación con un hombre casado cuando yo tenía siete años, un hombre guapo con barba y rostro curtido quien era tan negro que todo el mundo que lo conocía le decía Noche. Trabajaba instalando cables de CODETEL en el campo, pero vivía en nuestro barrio y tenía dos hijos con una mujer con quien se había casado en Pedernales. Su esposa era muy linda, y cuando pienso en la mujer de Ramón la veo a ella, en tacones, exhibiendo esas largas piernas morenas, una mujer más cálida que el aire que la rodeaba. Una mujer buena. No me imagino a la esposa de Ramón como inculta. Ve las telenovelas solo para pasar el tiempo. En sus cartas habla de un niño que cuida a quien quiere casi tanto como quiso a su hijo. Al principio, cuando Ramón no hacía tanto tiempo que se había ido, ella creía que podían tener otro hijo, igualito que este Víctor, su amorcito. Juega pelota igual que tú, Virta dice en la carta. Jamás menciona a Enriquillo.

Aquí hay calamidades sin fin, pero a veces puedo vernos claramente en el futuro, y es bueno. Viviremos en su casa y le cocinaré y cuando deje comida en la mesa le diré que es un zángano. Puedo verme, contemplándolo mientras se afeita por las mañanas. Pero otras veces nos veo en esa casa y veo cómo al levantarse un día soleado (o un día como hoy, cuando hace tanto frío que la mente te da vueltas cada vez que sopla el viento), se dará cuenta de que todo ha sido una equivocación. Se lavará la cara y se volverá hacia mí. Lo siento, dirá. Me tengo que ir.

Samantha llega al trabajo enferma, con el flu; me estoy muriendo, dice, y todo lo hace con gran esfuerzo, se apoya contra la pared para descansar, no come nada, y al día siguiente estoy enferma yo también y se lo pego a Ramón; dice que soy una comemierda por pasárselo. ¿Crees que puedo perder un día de trabajo?, pregunta indignado.

No digo nada; sé que solo lo voy a fastidiar.

Sus encabronamientos no duran mucho. Tiene demasiadas otras cosas en la cabeza.

El viernes viene a actualizarme sobre la casa. Me dice que el viejo nos la quiere vender. Me enseña un papeleo que no entiendo. Está contento pero también tiene miedo. Reconozco esa sensación, también la he sentido.

¿Qué crees que debo hacer? No me mira a los ojos, mira por la ventana.

Creo que debes comprarte la casa. Te lo mereces.

Asiente. Pero necesito que el viejo baje el precio. Saca los cigarrillos. ¿Tienes alguna idea cuánto he esperado por esto? Ser dueño de tu propia casa en este país es comenzar a vivir.

Trato de plantear el tema de Virta pero lo esquiva, como siempre.

Ya te dije que eso terminó, me dice bruscamente. ¿Qué más quieres? ¿Un maldito cadáver? Las mujeres nunca saben cuándo dejar las cosas tranquilas. No sabes cómo dejar las cosas en paz.

Esa noche Ana Iris y yo vamos al cine. No entendemos nada porque la película es en inglés, pero a las dos nos gustan las alfombras nuevas y limpias del teatro. Las rayitas azules y rosadas de neón parecen relámpagos en las paredes. Compramos palomitas de maíz para compartir y metemos de contrabando unas latas de jugo de tamarindo que compramos en la bodega. A nuestro alrededor la gente habla y nosotras también.

Qué suerte que te vas a poder ir, me dice. Esos cueros me van a volver loca.

Me parece que me estoy adelantando pero le digo: Te voy a extrañar, y ella se ríe.

Estarás comenzando otra vida. No tendrás tiempo para extrañarme.

Claro que sí. Te voy a ir a ver casi todos los días.

No tendrás tiempo.

Verás que sí. ¿Te estás tratando de deshacer de mí?

Claro que no, Yasmín. No seas boba.

De todos modos falta mucho tiempo. Me acuerdo de lo que Ramón dice una y otra vez. Cualquier cosa puede pasar.

Nos quedamos calladas por el resto de la película. No le he preguntado lo que piensa de mi situación y ella no me ha dado su opinión. Respetamos nuestro silencio sobre ciertas cosas; por ejemplo, jamás pregunto si algún día piensa traer a sus hijos. No tengo la menor idea de lo que va a hacer. Ha tenido hombres que también han dormido en nuestro cuarto, pero ella no dura mucho con nadie.

Regresamos del cine caminando junticas, con mucho cuidado por el hielo que brilla entre la nieve. El barrio no es muy seguro. Los tígueres por aquí lo único que saben decir en español son malas palabras, se pasan la vida en las esquinas haciéndole mala cara a todo el mundo. Cruzan la calle sin mirar y cuando les pasamos por el lado un gordo nos dice: Mamo toto mejor que nadie en el mundo. Cochino, dice Ana Iris entre dientes, y me agarra la mano. Pasamos frente al apartamento donde vivía antes, el que está arriba del bar, y miro bien la fachada, tratando de acordarme desde cuál ventana miraba al mundo. Vamos, dice Ana Iris, hace demasiado frío.

Ramón le debe haber dicho algo a Virta porque las cartas han parado. Parece que es verdad lo que dicen: si esperas lo suficiente, todo puede cambiar.

Lo de la casa ha tomado más tiempo de lo que nos habíamos imaginado. Él casi deja la vaina un montón de veces, tira teléfonos, lanza el trago contra la pared; yo creo que no se va a dar nada, que nada va a pasar. Y entonces se hace el milagro.

Mira, dice, y me enseña los documentos, mira. Casi me está rogando que los mire.

De verdad que estoy contenta por él. Lo lograste, mi amor.

Lo logramos, dice en voz baja. Ahora podemos empezar.

Entonces pone la cabeza sobre la mesa y llora.

Nos mudamos a la casa en diciembre. Es casi una ruina y solo dos habitaciones son habitables. Se parece al primer lugar en que viví cuando llegué a este país. No tenemos calefacción en todo el invierno, y por un mes nos tenemos que bañar con un cubo. Casa de Campo, digo bromeando, pero él no acepta ninguna crítica sobre su «niño». No todo el mundo puede ser dueño de su propia casa, me recuerda. Ahorré por ocho años. No para de trabajar en la casa, y saca materiales de las propiedades abandonadas de la cuadra. Cada tabla del piso que se vuelve a usar es dinero ahorrado, se jacta. A pesar de que hay muchos árboles, el barrio no es fácil y tenemos que tenerlo todo bajo candado todo el tiempo.

Durante las primeras semanas varias personas tocan a la puerta y preguntan si la casa todavía está en venta. Entre ellos hay parejas esperanzadas igual que nosotros. Pero Ramón les tira la puerta como si tuviera miedo de que se lo fueran a llevar con ellos. Cuando soy yo la que contesta, trato de ser más suave. Ya se vendió, digo. Buena suerte con su búsqueda.

Solo sé algo: la esperanza es eterna.

El hospital empieza a construir otra ala; a los tres días de las grúas rodear nuestro edificio como en un rezo, Samantha pide hablar conmigo. El invierno la ha dejado reseca, con manos de reptil y labios tan agrietados que parece que se le pueden partir en cualquier momento.

Necesito un préstamo, me dice al oído. Mi mamá está enferma.

Siempre es la madre. Doy la vuelta para irme.

Por favor, ruega. Somos del mismo país.

Verdad. Lo somos.

Alguien te tiene que haber ayudado alguna vez.

Verdad también.

Al día siguiente le doy ochocientos dólares. Es la mitad de mis ahorros. Acuérdate de esto.

Me acordaré, dice.

Está tan contenta. Más contenta de lo que estaba yo cuando nos mudamos a la casa. Cuánto me gustaría ser tan libre, tan suelta. Se pasa el resto del turno cantando canciones de mi juventud, Adamo y toda esa gente. Pero sigue siendo Samantha. Antes de terminarse el turno me dice: No te debes pintar tanto los labios. Ya tienes la bemba demasiado grande.

Ana Iris se ríe. ¿Esa niña te dijo eso?

Así mismo.

Qué desgraciada, dice, no sin admiración.

Al final de la semana, Samantha no regresa al trabajo. Pregunto pero nadie sabe dónde vive. No recuerdo que haya dicho nada especial su último día. Salió tan calladita como siempre, caminando sin rumbo fijo hasta el centro donde cogería una guagua. Le pido a Dios por ella. Recuerdo mi primer año y lo desesperadamente que quería regresar, y cuántas veces lloré. Rezo para que se quede, igual que yo.

Una semana. Espero una semana y después la dejo ir. La muchacha que la remplaza es calladita y gorda y trabaja sin parar y sin quejarse. De vez en cuando, cuando estoy de mal humor, me imagino que Samantha ha regresado a casa y está rodeada de su gente. Allá donde hace calor. La oigo decir: No vuelvo más nunca. No por nada. Ni por nadie.

Hay noches cuando Ramón está trabajando en la plomería o dándole lija al piso que leo las viejas cartas y bebo un poco del ron que guardamos abajo del fregadero y claro que pienso en ella, la de la otra vida.

Cuando la próxima carta por fin llega, estoy embarazada. Fue enviada de la antigua casa de Ramón directo a nuestro nuevo hogar. La saco de la pila del correo y la contemplo. Mi corazón bombea como si estuviera solo, como si no hubiera nada más dentro de mí. Quiero abrirla pero llamo a Ana Iris; hace tiempo que no hablamos. Mientras el teléfono suena observo los pájaros que cubren los setos.

Le digo que quiero salir a caminar.

Los brotes en las puntas de las ramas se están abriendo. Cuando entro en el viejo apartamento me besa y me sienta en la mesa de la cocina. Solo quedan dos compañeras de cuarto que conozco, las otras se han mudado o se han regresado. Las nuevas son recién llegadas de la isla. Entran y salen de la cocina sin darme mucha importancia, están muertas de cansancio por el peso de las promesas que han hecho. Quiero aconsejarlas: no hay promesa que sobreviva a ese mar. Se me ve la barriga, y Ana Iris está flaca y gastada. No se ha cortado el pelo en meses; las puntas astilladas forman como un halo alrededor de su cabeza. Todavía sonríe, y es una sonrisa de tanto brillo que es un milagro que no le haya prendido fuego a algo. Una mujer canta una bachata en el piso de arriba y la manera en que su voz flota en el aire me recuerda el tamaño de la casa y lo alto que son los puntales.

Vamos, dice Ana Iris, y me presta una bufanda. Vamos a caminar un poco.

Llevo la carta en las manos. El día tiene el mismo color que las palomas. Cada paso va machacando lo que queda de la nieve, ahora con una capa de gravilla y polvo. Esperamos que pase la fila de carros en el semáforo y entonces nos escabullimos hacia el parque. Los primeros meses que estuvimos juntos Ramón y yo veníamos a este parque todos los días. Para relajarnos un poco después del trabajo, decía, pero me pintaba las uñas de rojo para cada ocasión. Me acuerdo del día antes que hiciéramos el amor por primera vez, cómo yo ya sabía que iba a pasar. Me acababa de contar lo de su mujer y de su hijo. Yo estaba procesando la información, sin decir nada, dejando que mis pies nos guiaran. Nos encontramos con unos carajitos jugando pelota y les arrebató el bate, hizo un par de swings, y les indicó que cubrieran lejos, bien atrás. Pensé que iba a hacer el ridículo y pasar tremenda vergüenza, así que me alejé un poco pensando que le daría una palmadita en el brazo después que tropezara o cuando la pelota cayera a sus pies. Pero conectó con un claro zumbido del bate de aluminio y mandó la pelota muy por encima de donde se habían puesto los muchachos; todo con un movimiento fácil y natural de su cuerpo. Los carajitos levantaron las manos en el aire y gritaron y él me sonrió por encima de sus cabezas.

Caminamos todo lo largo del parque sin hablar y entonces cruzamos la carretera para coger hacia downtown.

Digo: Volvió a escribir, pero Ana Iris me interrumpe.

He estado tratando de llamar a mis hijos, dice. Señala al hombre frente al edificio de la corte, el que vende los números de tarjetas de llamadas robadas. Han crecido tanto, me dice, que es difícil reconocerles la voz.

Después de un rato, tenemos que sentarnos para yo poder tomarle la mano y para que ella pueda llorar. Siento que debo decirle algo pero no tengo la menor idea de por dónde comenzar. Traerá a sus hijos o se regresará. Tanto ha cambiado.

Baja la temperatura. Regresamos a casa. Nos abrazamos en la puerta como por una hora.

Esa noche le doy la carta a Ramón y trato de sonreír mientras la lee.

FLACA

Tu ojo izquierdo se desviaba cuando estabas cansada o enojada. Está buscando algo, me decías, y en aquellos días cuando salíamos se revoloteaba y daba vueltas de tal manera que tenías que ponerle el dedo encima para que parara. Estabas precisamente en esto cuando me desperté y te descubrí sentada en el borde de la silla. Todavía tenías puesto tu atuendo de maestra, pero te habías quitado la chaqueta y algunos botones de la blusa estaban abiertos de tal manera que se te veía el ajustador negro que te había comprado y las pecas en el pecho. No sabíamos que eran los últimos días pero deberíamos haberlo sabido.

Acabo de llegar, me dijiste. Miré hacia donde habías parqueado el Civic.

Mejor que vayas y cierres las ventanas.

No me voy a quedar mucho tiempo.

Te van a robar el carro.

Ya casi me voy.

Permaneciste en tu silla y yo sabía que no debía acercárteme. Tenías todo un elaborado sistema que te imaginabas nos mantendría alejados de la cama: te sentabas al otro lado de la habitación, no me dejabas que te hiciera crujir los dedos, y no te quedabas más de quince minutos. Pero nunca funcionó, ¿verdá?

Les traje comida, dijiste. Hice lasaña para mi clase y traje lo que sobró.

Mi habitación es calurosa y pequeña y está inundada de libros. Nunca quisiste estar aquí (es como estar dentro de una media, dijiste) y cada vez que mis compañeros de casa no estaban dormíamos en la sala, sobre la alfombra. El pelo largo te hacía sudar y por fin te quitaste la mano del ojo. No habías dejado de hablar.

Hoy me trajeron una estudiante nueva. La madre me dijo que tuviera cuidado con ella porque podía ver cosas.

¿Podía ver cosas?

Asientes. Le pregunté a la señora que si el poder ver cosas la había ayudado en la escuela. Dijo: Na, pero de vez en cuando me ha ayudado con la lotería.

Debería reírme pero miro afuera donde una hoja en forma de guante se le ha pegado al parabrisas del Civic. Te paras a mi lado. Cuando te vi por primera vez, en la clase sobre James Joyce y después en el gimnasio, supe que te iba a llamar Flaca. Si hubieras sido dominicana mi familia se hubiera preocupado por ti y te hubiera traído comida a la casa. Montones de plátanos y yuca bañados en hígado o queso frito. Flaca. Aunque tu verdadero nombre era Verónica, Verónica Hardrada.

Mis panas están por regresar, le digo. Creo que debes ir a cerrar las ventanas.

Me voy, dices, y te tapas el ojo de nuevo con la mano.

Se supone que la vaina entre nosotros nunca llegará a ser nada serio. No nos veo casándonos ni na de eso, y asentiste con la cabeza indicando que entendías. Entonces rapamos para con eso pretender que nada hiriente había ocurrido entre nosotros. Era como la quinta vez que nos veíamos y te pusiste un vestido negro transparente y un par de sandalias mexicanas y me dijiste que te podía llamar cuando quisiera pero que tú no me ibas a llamar a mí. Tú decides dónde y cuándo, dijiste. Si fuera por mí, te vería todos los días.

Por lo menos fuiste honesta, que es más de lo que puedo decir sobre mí mismo. Jamás te llamaba entre semana, ni siquiera te extrañaba. Me entretenía con mis panas y mi trabajo en Transactions Press. Pero los viernes y sábados por la noche, cuando no me levantaba a nadie en los clubs, te llamaba. Conversábamos hasta que los silencios se hacían largos, hasta que por fin preguntabas: ¿Quieres verme?

Decía que sí y mientras te esperaba les decía a mis panas que era solo sexo, tú sabe, na ma. Venías con un cambio de ropa y un sartén para hacernos el desayuno, quizá también galleticas de las que les habías hecho a tus estudiantes. Por la mañana, los muchachos te encontraban en la cocina vestida en una de mis camisas. Al principio, no se quejaron, pues se imaginaban que pronto te desaparecerías. Y cuando empezaron a hacer comentarios, ya era tarde, ¿verdá?

Me acuerdo: los muchachos vigilándome. Se figuraban que dos años no son poca cosa, aunque jamás te reclamé en todo ese tiempo. Lo que es una locura es que me sentía perfectamente bien. Como si el verano se hubiera apoderado de mí. Les dije a mis panas que era la mejor decisión que había tomado en mi vida. No te puedes estar acostando con blanquitas toda la vida.

En algunos grupos, esto se sobrentiende, pero en el nuestro no.

En aquella clase de Joyce, en la que jamás abriste la boca, yo sí hablaba, hablaba sin parar, y una vez me miraste y yo a ti y te sonrojaste de tal manera que hasta el profesor se dio cuenta. Eras una blanquita viratala de las afueras de Paterson y se te notaba en la falta de sentido de la moda y en tu considerable experiencia con prietos. Te dije: Te gustamos, y tú, enojada, dijiste: No, no es así. Pero la verdá es que sí. Eras la blanquita que bailaba bachata, la que se hizo socia de las SLU,* la que había ido a Santo Domingo ya tres veces.

Me acuerdo: ofrecías llevarme a casa en tu Civic.

Me acuerdo: la tercera vez acepté. Nuestras manos se rozaron entre los asientos. Trataste de hablarme en español pero te pedí que no.

Hoy en día todavía nos hablamos. Digo: Quizá deberíamos hanguear con los muchachos, pero tú sacudes la cabeza. Quiero pasar tiempo contigo, dices. Si seguimos bien, quizá la semana que viene.

Es lo más que se puede esperar. Nada dicho, nada hecho que podamos recordar en el futuro. Me miras mientras te pasas un cepillo por el pelo. Cada hebra rota es del largo de mi brazo. No quieres que lo dejemos, pero tampoco quieres que te hiera. No es la mejor situación, pero ¿qué te puedo decir?

Vamos a Montclair, somos prácticamente el único carro en el Parkway. Todo está tranquilo y oscuro y los árboles brillan con la lluvia de ayer. En cierto punto, justo al sur de los pueblos de Orange, el Parkway pasa por un cementerio. Miles de tumbas y cenotafios a ambos lados de la carretera. Imagínate, dices mientras señalas la casita más cercana, si tuvieras que vivir ahí.

Los sueños que tendrías, digo.

* Sigma Lambda Upsilon: Señoritas Latinas Unidas, Sorority, Inc. *(N. de la T.)*

Asientes. Las pesadillas.

Parqueamos frente al distribuidor de mapas y vamos a nuestra librería. A pesar de la proximidad a la universidad, somos los únicos clientes, nosotros y un gato de tres patas. Te sientas en el pasillo y comienzas a hurgar entre las cajas. El gato se queda contigo. Yo reviso los libros de historia. Eres la única persona que conozco que aguanta estar tanto tiempo en una librería como yo. Una sabelotodo pero no una sabelotodo cualquiera. Cuando vuelvo a donde estás te has quitado los zapatos y te rascas los callos, el resultado de tanto correr, mientras lees un libro infantil. Te abrazo. Flaca, digo. Tu pelo se enreda en mi barba. No me afeito con suficiente frecuencia para nadie.

Esto podría funcionar, dices. Solo hay que darle un chance.

Ese último verano querías ir a algún lugar, así es que fuimos a Spruce Run; los dos habíamos estado ahí de niños. Te acordabas de los años exactos, de los meses precisos en que estuviste allí, pero yo apenas podía aproximarme a un Fue Cuando Era Niño.

Mira las flores de zanahoria silvestre, dijiste. Te inclinabas por la ventana para respirar el aire nocturno y te puse la mano en la espalda, por si acaso.

Estábamos borrachos los dos y solo tenías ligas y medias debajo de la falda. Agarraste mi mano y te la pusiste entre las piernas.

¿Y qué hacía tu familia aquí?, preguntaste.

Miré hacia el agua nocturna. Hacíamos barbiquiú. Barbiquiú dominicano. Mi papá no sabía lo que estaba haciendo pero insistía. Se inventaba una salsa roja que embarraba en las chuletas y entonces invitaba a una pila de desconocidos a que vinieran a comer con nosotros. Era horrible.

Yo usaba un parche sobre el ojo cuando era niña, dijiste. Quizá nos conocimos aquí y nos enamoramos mientras compartíamos uno de esos barbiquiús horribles.

Lo dudo, dije.

Es solo un decir, Yunior.

Quizá estuvimos juntos hace cinco mil años.

Hace cinco mil años yo estaba en Dinamarca.

Verdá. Y mitad de mí estaba en África.

¿Y qué hacías?

Me imagino que era agricultor. Eso es lo que hace todo el mundo en todas partes.

Quizá estuvimos juntos en otro tiempo.

No se me ocurre cuándo, dije.

Trataste de evitar mirarme. Quizá hace cinco millones de años.

La gente no existía entonces.

Esa noche te quedaste despierta en la cama, escuchando las ambulancias que salían a mil por la calle. El ardor de tu cara podría haber calentado mi cuarto por días. No entendía cómo podías aguantar tu propio fuego, el de tus senos, el de tu cara. Casi no te podía tocar. De la nada dijiste: Te quiero. Para lo que te valga.

Ese fue el verano en el que yo no podía dormir, el verano en que corría por las calles de New Brunswick a las cuatro de la mañana. Fueron las únicas veces que corrí más de cinco millas, cuando no había tráfico y los halógenos lo pintaban todo del color de papel de aluminio, encendiendo cada gota de rocío en los carros. Me acuerdo de que corría por los Memorial Homes, por Joyce Kilmer, y pasaba por Throop, donde había estado Camelot, ese antiguo bar ahora hecho cenizas y abandonado.

No dormía por noches enteras y cuando el Viejo llegaba a casa de UPS, yo estaba apuntando el horario de los trenes que venían de Princeton Junction; los frenazos se oían desde la sala, rechinando al sur de mi corazón. Me imaginaba que ese insomnio significaba algo. Quizá era pérdida o amor u otra palabra que usamos cuando ya es demasiado fokin tarde, pero a mis panas no les gustaba el melodrama. Oían esa vaina y me decían que no. Especialmente el Viejo. Divorciado a los veinte años, con dos hijos en D.C. a quienes ya no veía más, me escuchó y dijo: Oye, hay cuarenta y cuatro maneras de sobrevivir a esto. Y entonces me mostró sus manos remordidas.

Regresamos a Spruce Run una vez más. ¿Te acuerdas? Fue cuando las discusiones ya no tenían fin y siempre terminábamos en la cama desgarrándonos el uno al otro como si eso pudiera cambiar las cosas. En un par de meses tú tendrías otro novio y yo novia nueva también; ella no era mucho más morena que tú, pero lavaba los pantis en la ducha y tenía el pelo como un mar de puñitos. La primera vez que nos viste, volteaste y subiste en una guagua que yo sabía no tenías intención alguna de tomar y cuando mi novia preguntó que quién eras, le dije: Nadie en particular.

En ese segundo viaje a la playa, me paré en la orilla del lago y te observé mientras te metías al agua, mientras te echabas agua sobre tus brazos flacos y sobre el cuello. Los dos teníamos resaca y yo no quería mojarme. El agua cura, me explicaste. El cura habló de eso durante la misa. Guardaste un poco de agua en una botella para tu primo con leucemia y para tu tía que padece del corazón. Tenías puesto un bikini y una camiseta y había una neblina sobre el cerro que se entrenzaba con los árboles. Te metiste hasta que el agua te daba por la cintura y entonces te detuviste. Me mirabas y te miraba, y en ese justo momento ocurrió algo así como amor, ¿no crees?

Esa noche te metiste en mi cama, eras tan flaca, y cuando traté de besarte los pezones, me pusiste la mano en el pecho. Espera, dijiste.

En el piso de abajo de mi apartamento, los muchachos estaban viendo televisión y gritando.

Dejaste que el agua se te escurriera de la boca, estaba fría. Llegaste hasta mi rodilla antes que tuvieras que tomar otra vez de la botella. Escuché tu respiración, lo ligera que era, y el sonido del agua en la botella. Y entonces me cubriste la cara y la entrepierna y la espalda.

Susurraste mi nombre entero y nos quedamos dormidos en un abrazo. Recuerdo que a la mañana siguiente ya no estabas, te habías desaparecido por completo, y nada en mi cama o en la casa podía ofrecer prueba contraria.

LA DOCTRINA PURA

Aquellos últimos meses. No había manera de darle la vuelta: Rafa se estaba muriendo. Solo quedábamos mami y yo cuidándolo y ninguno de los dos sabíamos qué coñazo hacer, ni qué coñazo decir. Así que no decíamos na. En todo caso, mi mamá no era muy efusiva, tenía una de esas personalidades tipo Horizonte de Sucesos, la mierda le caía encima y nunca sabías qué pensaba de ello. Lo aguantaba todo, y no reflejaba nada, ni luz ni calor. Y la verdá es que yo no quería hablar aunque ella hubiera estado dispuesta. Las pocas veces que mis panas en la escuela trataron de tocar el tema les dije que no se metieran en lo que no les fokin importaba. Que se quitaran de mi camino.

Tenía diecisiete años y medio, y fumaba tanta yerba que si me pudiera acordar de una sola hora de esos días sería mucho.

Mi mamá, a su manera, también se había desconectado. Se desgastaba, entre mi hermano y la factoría y el mantenimiento de la casa no creo que durmiera. (Yo no levantaba ni un fokin dedo en la casa, baby, privilegios de ser macho.) Pero a pesar de todo, la Señora había encontrado la manera de manguearse un par de horas aquí y allá, para dedicárselas a su nuevo galán, Jehová. Yo tenía mi yerba, y ella tenía lo suyo. Nunca antes le había interesao la iglesia, pero cuando aterrizamos en el Planeta Cáncer se volvió tan loca con Jesucristo que me imagino que se hubiera crucificado ella misma si hubiera tenido una cruz a mano. Ese último año tenía el Ave María requetemontao. Un grupo de amigas venía a casa a rezar dos y tres veces al día. Yo las llamaba las Cuatro Caraecaballos del Apocalipsis. La más joven, y la más caraecaballo, era Gladys. Diagnosticada con cáncer de seno el año anterior, y en pleno tratamiento, el esposo malvado se fugó a Colombia y se casó con una de sus primas. ¡Aleluya! Había otra mujer −nunca me acuerdo de su nombre− que tenía cuarenta y cinco años, pero parecía que tenía noventa y era un gueto-desastre por completo: gorda, con problemas de espalda, problemas de riñones, problemas de rodillas, diabetes y, quizá, neuralgia ciática. ¡Aleluya! La líder era Doña Rosie, la vecina de arriba, una boricua supernice. La persona más alegre del mundo a pesar de ser ciega. ¡Aleluya! Tenías que tener mucho cuidao con ella porque tenía la mala costumbre de sentarse sin verificar que había algo en que caer, y ya dos veces se había desbaratao el culo tratando de sentarse en el sofá. La última vez gritó: Dios mío, ¿qué me has hecho?, y tuve que subir del sótano para ayudar a levantarla. Estas viejas eran las únicas amigas que tenía mi mamá −nuestros parientes se habían desaparecido después del segundo año− y sus visitas eran los únicos momentos del día en que mamá se relajaba y se portaba como antes. Le encantaba hacer esos chistes estúpidos del campo. No le servía café a nadie hasta que estaba segura de que cada tacita tuviera la misma cantidad. Y cuando una de las cuatro empezaba a hacer el ridículo, se lo dejaba saber con un Bueeennnooo bien extendido. El resto del tiempo era más que inescrutable, y en movimiento perpetuo: limpiando, organizando, cocinando, de regreso a la tienda para devolver algo, recogiendo cosas aquí y allá. Las pocas ocasiones en que la vi hacer una pausa se tapaba los ojos con la mano, y era entonces cuando yo sabía que estaba agotada.

Pero de entre todos nosotros Rafa era quien se las traía. Cuando regresó del hospital la segunda vez, se hacía como que nada había pasao. Lo que era una locura, porque la mitad del tiempo no sabía dónde fokin estaba parao por los efectos de la radiación, y la otra mitad del tiempo estaba tan cansao que no tenía la energía ni para tirarse un peo. Había perdido como ochenta libras por culpa de la quimioterapia y parecía un espíritu endemoniao bailando (mi hermano fue el último comemierda en Jersey en dejar de usar el chándal y la gruesa cadena de cordón), tenía la espalda que era un encaje de cicatrices por las inyecciones, pero su bravuconería estaba más o menos igual que antes que se enfermara: cien por ciento demente. Estaba muy orgulloso de ser el loco del barrio y no iba a dejar que una vaina como el cáncer lo alejara de sus obligaciones oficiales. Una semana después que le dieron de alta en el hospital, le partió la cara de un martillazo a un carajito peruano e ilegal y a las dos horas estaba envuelto en un rebulú en el Pathmark porque pensaba que un tipo había estado hablando mal de él. Logró meterle un derechazo medio débil en la boca al tipo antes que pudiéramos separarlos. Qué coñazo, nos gritaba, como si fuéramos nosotros los que cometíamos la locura. Los moretones que se hizo fajándose con nosotros eran discos de sierra color morado, pichones de ciclón.

Ese tíguere estaba figureando, y a millón. Siempre había sido tremendo papi chulo, así que volvió a caer en lo mismo, con las sucias de siempre, y las colaba al sótano sin importarle si mamá estaba en casa o no. Una vez, en plena sesión de rezos, se paseó por el apartamento con una muchacha de Parkwood que tenía el culón más grande del mundo. Más tarde le dije: Rafa, un chin de respeto. Se encogió de hombros. No puedo dejar que piensen que estoy decayendo. Se pasaba la tarde hangueando en Honda Hill y cuando regresaba a casa estaba tan incoherente que parecía que hablaba arameo. Cualquiera que no supiera todo esto pensaría que se estaba curando. Voy a recuperar mi peso, tú verá, es lo que le decía a la gente. Y tenía a mi mamá haciéndole unos batidos de proteína repugnantes.

De hecho, mamá trataba de que no saliera de la casa. Acuérdate de lo que te dijo el médico, hijo. Pero él decía: Ta to, mom, ta to, y entonces salía bailando por la puerta. Jamás logró controlarlo. A mí me gritaba y me maldecía y me pegaba, pero con él parecía que estaba haciendo una audición para una telenovela mexicana. Ay, mi hijito, ay, mi tesoro. Yo estaba enfocao en una blanquita que vivía en Cheesequake pero también trataba de preocuparme por él —Oye, tú, ¿no crees que debes estar convaleciendo o algo por el estilo?– pero apenas me miraba con aquellos ojos muertos.

Enigüey, después de unas semanas de andar así a mil, el hijoeputa se desplomó. Desarrolló una tos explosiva por estar trasnochándose y terminó en el hospital por un par de días, lo cual, después de su última hazaña (ocho meses), de verdá que no era na. Cuando le dieron de alta se le podía ver el cambio. Dejó de trasnocharse y de tomar hasta vomitar. También dejó la vaina esa de estar de chulo a lo Iceberg Slim. Ya no había jevitas llorando en el sofá o mamándole el rabo en el sótano. La única que aguantó fue una ex suya, Tammy Franco, a quien él básicamente maltrató físicamente durante toda su relación. Fue horrible. Fue como un anuncio de servicio público que duró dos años. Se encojonaba tanto con ella que algunas veces la arrastraba por los cabellos por todo el parqueadero. Una vez se le desabotonaron los pantalones y él les dio un tirón que le llegaron hasta los tobillos; se le vio el toto, se le vio to. Esa es la imagen que todavía tengo de ella. Después de estar con mi hermano, se metió con un blanquito con quien se casó más rápido que lo que se dice que sí. Una muchacha bella. ¿Recuerdas esa descarga de José Chinga, «Fly Tetas»? Esa era Tammy. Casada y bella y todavía detrás de mi hermano. Lo extraño era que los días que pasaba por casa no entraba, no asomaba ni la nariz en el apartamento. Parqueaba su Camry frente a la casa y él salía y se sentaba en el asiento del pasajero. Las vacaciones de verano acababan de empezar y yo los observaba desde la ventana de la cocina mientras esperaba que una blanquita me contestara las llamadas. Pensaba que iba a ver cuando él la cogiera por el cuello y le bajara la cabeza hasta su entrepierna, pero jamás ocurrió na de eso. Ni siquiera parecía que estaban conversando. Después de quince o veinte minutos, él se desmontaba y ella arrancaba y se iba, y eso era todo.

¿Qué coño estaban haciendo? ¿Comunicándose telepáticamente?

Se tocó las muelas; a esas alturas, la radiación ya le había tumbao dos.

¿No que está casá con un polaco? ¿No que tiene, dizque, dos hijos?

Me miró. ¿Qué carajo sabes tú?

Na.

Na de na. Entonces cállate la fokin boca.

Ahora hacía lo que debía haber estado haciendo desde el principio: cogiéndolo suave, quedándose en casa, fumándose toda mi yerba (yo me escondía para fumar, pero él enrollaba la suya en la misma sala), viendo televisión, durmiendo. Mami estaba contentísima. Hasta se le veía en la cara. Le dijo al grupo de rezos que Dios santísimo le había hecho una concesión.

Alabanza, dijo Doña Rosie, y sus ojos dieron vueltas como un par de canicas.

Me sentaba con él cuando había juego de los Mets por televisión, pero no decía ni una palabra sobre cómo se sentía, ni tampoco hablaba de lo que pensaba que iba a pasar. Era solo cuando estaba en cama mareao o con náuseas que lo oía quejarse: ¿Qué coñazo está pasando? ¿Qué hago? ¿Qué hago?

Me debí haber dado cuenta que era la calma antes de la tormenta. Dos semanas después que se recuperó de la tos se desapareció por casi un día entero y cuando regresó al apartamento anunció que se había conseguido un trabajito.

¿Un trabajito?, pregunté. ¿Estás fokin loco?

Un hombre tiene que mantenerse ocupao. Sonrió, y se le veían todos los huecos en la dentadura. Necesito ser útil.

El trabajito era, de todos los lugares posibles, en el Yarn Barn, un almacén de hilos. Al principio, mi mamá se lavó las manos. Si te quieres matar, mátate. Pero después la oí tratando de hablar con él en la cocina, apelándole en una voz bajita y monótona hasta que mi hermano por fin le dijo: Ma, ¿por qué no me dejas tranquilo, eh?

Todo era un misterio total. No era que mi hermano tuviera una gran ética de trabajo que necesitara ejercitar. El único trabajo que Rafa había tenido era vendiendo drogas a los blanquitos de Old Bridge, y siempre lo había tomado con mucha calma. Si quería entretenerse, podía haber vuelto a eso, hubiera sido fácil, y se lo dije. Todavía conocíamos a un montón de blanquitos en Cliffwood Beach y Laurence Harbor, toda una clientela que daba asco, pero él no quería. ¿Qué clase de legado sería eso?

¿Legado? No podía creer lo que estaba oyendo. Bro, ¡estás trabajando en el Yarn Barn!

Mejor que vender drogas. Cualquiera puede vender drogas.

¿Y vender hilo? ¿Verdá que eso es solo para gigantes?

Colocó las manos sobre las piernas. Las miró fijo. Tú vive tu vida, Yunior, y yo viviré la mía.

Mi hermano jamás había sido una persona muy racional pero esto ya era el colmo. Lo atribuí a su aburrimiento, a los ocho meses que había estado preso en el hospital. A la medicina que estaba tomando. Quizá solo quería sentirse como una persona normal. La verdá es que estaba bastante entusiasmao con su trabajito. Se vestía para ir a trabajar y se peinaba ese pelo que una vez había sido una maravilla y ahora crecía áspero y tieso por la quimioterapia. Tomaba su tiempo. No soportaba llegar tarde. Cada vez que salía, mi mamá tiraba la puerta a sus espaldas, y si el Grupo Aleluya estaba presente todas se enfocaban en el rosario. Yo estaba arrebatao casi todo el tiempo o cayéndole atrás a aquella niña de Cheesequake, pero buscaba la manera de ir a verlo para estar seguro de que no estaba boca abajo en la sección de angora. Era una escena surrealista. El tíguere más duro del barrio chequeando precios como un pendejo. Las visitas solo eran para confirmar que seguía vivo. Él se hacía el que no me veía; yo me hacía como que no me había visto.

Cuando cobró su primer cheque, tiró el dinero en la mesa y se rió. Una millonada, baby.

Ya veo, dije, estás acabando.

Más tarde, le pedí veinte prestaos. Me miró fijo pero me los dio. Me monté en el carro y salí como un cohete a donde se suponía que Laura y unos amigos me estaban esperando, pero cuando llegué ya ella se había desaparecido.

Ese trabajito no duró mucho. ¿Cómo iba a durar? Después de tres semanas poniendo nerviosas a las señorotas blancas con esa facha de esqueleto que tenía, se le comenzaron a olvidar las cosas, se desorientaba, les daba a los clientes el cambio equivocao y le echaba coñazos a todo el mundo. Un día, por fin, se sentó en medio del pasillo y no se pudo volver a levantar. Estaba tan mal que no podía manejar, así que la gente del trabajo llamó al apartamento y me sacaron de la cama. Me lo encontré en la oficina cabizbajo y, cuando lo ayudé a levantarse, una muchacha española que lo había estado cuidando empezó a llorar como si me lo llevara para la cámara de gas. Tenía una fiebre del carajo: se le sentía el calor por encima del delantal de trabajo azul que tenía puesto.

Dios mío, Rafa, le dije.

No pudo levantar los ojos. Farfulló algo. Nos fuimos.

Se estiró en el asiento de atrás del Monarch mientras yo manejaba. Me estoy muriendo, dijo.

No te estás muriendo. Pero si fueras a colgar los tenis, me dejas el carro, ¿OK?

Este baby no se lo dejo a nadie. Me van a enterrar en él.

¿En esta mierda?

Exactamente. Y con mi televisor y mis guantes de boxeo.

¿Así que ahora eres faraón?

Alzó el pulgar en el aire. Y tu culo de esclavo lo enterraremos en el baúl.

La fiebre duró dos días, pero le tomó como una semana el comenzar a sentirse mejor, y empezar a pasar el tiempo en el sofá en lugar de la cama. Yo estaba convencido de que en cuanto pudiera salir se iba a ir directo al Yarn Barn o a enlistarse en la Marina o algo por el estilo. Mi mamá compartía el mismo temor. Cada vez que tenía la oportunidad le decía que no lo iba a dejar salir. Que no lo iba a permitir. Y le brillaban los ojos detrás de sus gafas oscuras estilo Madres de Plaza de Mayo. Conmigo no juegues. Yo, que soy tu madre, no te lo voy a permitir.

Déjame tranquilo, ma. Déjame tranquilo.

Te podías dar cuenta que estaba a punto de hacer una estupidez. Lo bueno fue que no trató de regresar al Yarn Barn.

Lo malo fue que se casó.

¿Te acuerdas de la jevita española, la que lloraba por él en el Yarn Barn? Bueno, resulta que era dominicana. No dominicana como mi hermano y yo, sino dominicana dominicana. O sea, sin papeles y acabadita de bajarse de la yola, ese tipo de dominicana. Y con un fokin cuerpazo. Antes que Rafa mejorara, empezó a venir a casa, muy atenta y entusiasta, y se sentaba en el sofá con él a ver Telemundo. (No tengo televisor, anunció por lo menos veinte veces.) Vivía en London Terrace, en el edificio número 22, con su hijito, Adrián, metida en un cuartico que le alquilaba a un viejo hindú gujarati, así que no era exactamente un sacrificio venir a estar con su gente, como decía ella misma. A pesar de que estaba tratando de ser muy correcta y mantener las piernas cruzadas, diciéndole señora a mi mamá, Rafa le cayó arriba como un pulpo. Ya para la quinta visita, la bajaba al sótano sin importarle si el Grupo Aleluya estaba presente.

Se llamaba Pura. Pura Adames.

Pura mierda, le decía mi mamá.

Para aclarar, a mí Pura no me caía tan mal. Era un paso adelante en comparación con la pila de cueros que mi hermano generalmente traía a casa. Guapísima como el diablo: alta e indiecita, tenía los pies grandes y una cara increíblemente conmovedora. Pero en contraste con las jevitas del barrio, Pura no sabía qué hacer con esa belleza, estaba sinceramente perdida en su pulcritud. Campesina total, y se le veía en el caminao y en esa manera de hablar tan ordinaria que yo no le entendía la mitad de lo que me decía. Usaba palabras como «deguabinao» y «estribao» con regularidad. Si la dejabas no paraba de hablar, y era demasiao honesta: nos contó su vida en menos de una semana. Nos enteramos de cómo su papá murió cuando era chiquitica; cómo su mamá la casó cuando tenía solo trece años con un cincuentón tacaño por una suma desconocida (de ahí salió su primer hijo, Néstor); y cómo a los pocos años de esa etapa tan terrible tuvo la oportunidad de saltar de Las Matas de Farfán a Newark cuando una tía la trajo para que cuidara a su hijo retardao y a su marido enfermo; y que se había escapao de ahí también, porque ella no había venido a Nueba Yol a ser esclava de nadie, ya no; y se había pasado los siguientes cuatro años arrastrada por el viento de la necesidad, pasando por Newark, Elizabeth, Paterson, Union City, Perth Amboy (donde un cubano loco la preñó con el segundo hijo, Adrián), todo el mundo siempre aprovechándose de su buena voluntad. Ahora estaba aquí en London Terrace, tratando de mantenerse a flote, a ver dónde podía encontrar su próxima oportunidad. Le sonrió de oreja a oreja a mi hermano al decir eso.

Ma, en Santo Domingo no casan a las muchachas por dinero así, ¿verdá?

Por favor, dijo mami. No creas nada de lo que te diga esa puta. Pero a la semana ella y las Caraecaballos lamentaban la frecuencia con la que pasaba eso en el campo, y cómo mami misma había tenido que luchar para que su propia madre, una loca, no la vendiera por un par de chivos.

Mi mamá tenía una regla sencilla en cuanto a las «amiguitas» de mi hermano: como ninguna iba a durar, ella ni se molestaba en aprender sus nombres, y les prestaba la misma atención que a los gatos en República Dominicana. Mami no era mala con ellas. Si la muchacha la saludaba, ella saludaba. Si la muchacha le extendía alguna cortesía, mami le extendía la misma cortesía. Pero la vieja no gastaba más de un vatio de sí misma con ninguna de ellas. Su indiferencia era castigadora, e inquebrantable.

Pero con Pura era otra historia. Desde el principio estaba claro que a mami le caía mal esta muchacha. Lo que le fastidiaba no era solo lo descarada que era, insinuando sin parar lo de su situación migratoria, cómo mejoraría su vida, cómo mejoraría la vida de su hijo, cómo por fin podría visitar a su pobre madre y a su otro hijo en Las Matas, si solo tuviera sus documentos. Mami había lidiado antes con tipas que solo querían casarse por los papeles, pero jamás se había encabronao tanto. Había algo en la cara de Pura, algo inoportuno, y en su personalidad, que volvía loca a mi mamá. Era algo muy personal. O quizá simplemente mi mamá tenía un presentimiento de lo que vendría.

Por la razón que fuera, mi mamá trataba a Pura supermal, si no la estaba regañando por la manera que hablaba, era por la manera que vestía, por la manera que comía (con la boca abierta), o por su caminao, o por ser campesina, o por ser prieta. Mami la trataba como si fuera invisible, le pasaba por el lado como si no estuviera ahí, la empujaba e ignoraba hasta sus preguntas más básicas. Si tenía que referirse a Pura en algo, lo hacía diciendo cosas como: Rafa, ¿Puta quiere algo de comer? Hasta yo mismo le decía: Por Dios, ma, ¿qué coño? Pero lo más increíble era que ¡Pura hacía caso omiso a la hostilidad! No importaba cómo mami la tratara o lo que dijera, Pura seguía tratando de conversar con ella. En lugar de achicar a Pura, la rudeza de mami la hacía más presente. Cuando ella y Rafa estaban solos Pura era calladita, pero cuando mami entraba en escena, la jevita opinaba sobre todo, se metía en todas las conversaciones, diciendo toda clase de pendejadas –que si la capital de Estados Unidos era Nueba Yol, o que había solo tres continentes– y entonces defendía esas estupideces hasta la muerte. Te imaginarías que con mami encima de ella quizá tendría más cuidao y se aguantaría un poco, pero no era así. ¡La muchacha se pasaba de atrevida! Búscame algo de comer, me decía. Ni un porfa ni na. Y si yo no le traía lo que pedía, se servía ella misma flan y refresco. Mamá le quitaba la comida de la mano, pero en cuanto mami le daba la espalda Pura se metía en el refrigerador de nuevo y se servía otra vez. Hasta tuvo el descaro de decirle a mami que debía pintar el apartamento. Se necesita un poco de color aquí. Esta sala está muerta.

No debería reírme pero la verdá es que era entretenido.

¿Y las Caraecaballos? Podrían haber moderao un poco las cosas, ¿no crees? Pero al contrario: ¿pa qué son las amigas si no para instigar? Llevaban el ritmo diario de la campaña anti-Pura. Ella es prieta. Ella es fea. Dejó un hijo en Santo Domingo. Tiene otro aquí. No tiene hombre. No tiene dinero. No tiene papeles. ¿Qué crees que busca por aquí? Amenazaban a mami con la idea de que Pura se iba a embarazar con la esperma ciudadana de mi hermano y que iba a tener que mantenerla a ella y a sus hijos y a su familia en Santo Domingo para siempre. Y mami –la misma que rezaba con un horario musulmán– les juró a las Caraecaballos que si eso pasara ella misma le sacaría el bebé a Pura.

Ten mucho cuidao, le dijo a mi hermano. No quiero un mono en esta casa.

Demasiao tarde, dijo Rafa, mirándome a mí.

Mi hermano podía haber suavizado la vaina un poco también. Le podía haber pedido a Pura que no viniera tanto a casa o le podía haber limitado las visitas para cuando mami estuviera en la factoría, pero ¿cuándo en su vida había hecho algo razonable? Se sentaba en el sofá en el medio de toda esa tensión y la verdá es que parecía que lo disfrutaba.

¿Le gustaba Pura tanto como decía? Difícil saber. Sin duda que era más caballeroso con Pura que con las otras muchachas. Le abría las puertas. Le hablaba con cortesía. Incluso se portaba bien con el hijo bizco. Muchas de sus ex novias se hubieran muerto al ver a ese Rafa. Ese era el Rafa que todas habían estado esperando.

Pero a pesar de su turno como Romeo, jamás se me ocurrió que la relación iba a durar. Vamos, mi hermano nunca duraba con ninguna muchacha, jamás; había botao a mejores mujeronas que Pura con regularidad.

Así es que todos suponíamos que el guión seguiría igual. Y después de más o menos un mes, Pura se desapareció. Mi mamá no lo celebró, pero se le veía que estaba contenta. Después de un par de semanas, mi hermano también desapareció. Se llevó el Monarch y se esfumó. Primero por un día, después dos. Y entonces mami empezó a preocuparse. Les pidió a las Cuatro Caraecaballos que le pidieran ayuda a Dios por todos los medios. Yo también estaba preocupao. Me acordé que cuando le dieron el diagnóstico por primera vez, trató de ir manejando hasta Miami, donde se suponía que tenía un pana esperándolo. Pero al pasar por Philadelphia se le quedó el carro. Estaba tan preocupao que fui a casa de Tammy Franco, pero cuando el marido polaco contestó la puerta perdí el valor. Di la vuelta y salí corriendo.

La tercera noche de su desaparición estábamos en el apartamento, esperando, cuando oímos el Monarch frenar. Mi mamá corrió a la ventana. Agarró la cortina con tanta fuerza que los nudillos se le pusieron blancos. Llegó, dijo finalmente.

Rafa entró con Pura de remolque. Era obvio que estaba borracho, y Pura estaba vestida como si hubieran estado bailando en un club.

Bienvenido a casa, mami dijo en voz baja.

Mira, dijo Rafa, y nos enseñó su mano y la de Pura. Llevaban anillos.

¡Nos casamos!

Es oficial, dijo Pura entre risitas. Sacó el certificado de matrimonio de su cartera.

Mi mamá pasó de irritada a aliviada a absolutamente indescifrable.

¿Está en estado?, preguntó.

Todavía no, dijo Pura.

¿Está en estado? Mi mamá miró fijo a mi hermano.

No, dijo Rafa. Vamos a hacer un brindis.

Mamá contestó: Nadie va a beber en mi casa.

Me voy a dar un trago. Mi hermano caminó hacia la cocina pero mi mamá lo agarró fuerte por el brazo.

Ma, dijo Rafa.

Nadie va a beber en mi casa. Le dio un empujón a Rafa. Si así —y señaló con la mano en la dirección de Pura— es como quieres pasar el resto de tu vida, entonces, Rafael Urbano, no tengo más nada que decirte. Quisiera que tú y tu puta se vayan de mi casa, por favor.

Los ojos de mi hermano se apagaron. Yo no me voy pa ningún lugar.

Quiero que se me vayan de aquí los dos.

Hubo un segundo en el que pensé que mi hermano le iba a dar a mi mamá, de verdá que lo pensé. Pero entonces se le fue todo el desafío. Le echó un brazo por encima a Pura (quien por una vez en su vida parecía entender que algo no iba bien). Hasta luego, ma, dijo. Se montaron de nuevo en el Monarch y se fueron.

Cierra la puerta con llave. Fue todo lo que dijo antes de encerrarse en su cuarto.

Nunca se me hubiera ocurrido que la tensión entre ellos se prolongara de tal manera. Mamá jamás pudo resistirse a mi hermano. Jamás. No importaba qué coñazo hubiera hecho —y mi hermano se metía en mucha mierda—, ella siempre estaba de su parte, cien por ciento, como solo una mamá latina puede serlo con su querido hijo mayor. Si él hubiera llegado a casa un día y dicho: Oye, mami, acabo de exterminar a medio mundo, estoy seguro de que lo hubiera defendido de todos modos: Bueno, hijo, había sobrepoblación. Claro que estaba la vaina cultural, y la vaina del cáncer, pero también había que tomar en cuenta que mami había abortado dos veces antes de embarazarse con Rafa, y para ese entonces le habían dicho mil veces que jamás tendría hijos otra vez; mi hermano mismo por poco se muere al nacer, y durante los primeros dos años de su vida mami tenía un miedo morboso (según mis tías) de que alguien lo iba a secuestrar. Hay que tomar en cuenta también que él siempre fue el niño más bello —totalmente consentido— y por lo tanto se entiende por qué ella era como era con ese loco. Las mamás siempre dicen que morirían por sus hijos pero mi mamá jamás dijo semejante babosada. No había necesidad. Cuando se trataba de mi hermano, lo tenía escrito en la frente con letras de 112 puntos Tupac Gótico.

Así que, lógicamente, yo me imaginé que ella caería en cuestión de días, y entonces habría abrazos y besos (y una patada por el culo a Pura), y que reinaría el amor de nuevo. Pero esta vez mamá no estaba jugando, y ella se lo dijo directamente la próxima vez que Rafa vino a la puerta.

No te quiero aquí. Negó con la cabeza firmemente. Vete a vivir con tu esposa.

¿Que si estaba sorprendido? Había que ver a mi hermano. Parecía que lo habían abofeteao. Entonces fuck you, le dijo, y cuando le pedí que no le hablara así a mamá, me dijo: Y pal carajo tú también.

Rafa, c'mon, le dije, siguiéndolo a la calle. Esto no puede ser en serio, ni siquiera conoces a esa jevita.

No me escuchó. Cuando me le acerqué, me dio un trompón en el pecho.

Espero que te guste cómo huelen los hindús, le grité. Y la mierda de niño.

Ma, dije, ¿qué estabas pensando?

Pregúntale a él qué es lo que estaba pensando.

A los dos días, cuando mami estaba en el trabajo y yo andaba en Old Bridge hangueando con Laura –lo que viene a ser oírla quejarse de su madrastra y decir cuánto la odiaba–, Rafa se coló en la casa y se llevó el resto de sus cosas. También se llevó su cama, el televisor y la cama de mamá. Los vecinos que lo vieron nos dijeron que había un hindú ayudándolo. Yo estaba tan encojonao que quise llamar a la policía, pero mi mamá no me dejó. Si así es como quiere vivir su vida, entonces hay que dejarlo.

Fantástico, ma, pero ¿cómo coño voy yo a ver mis programas de televisión ahora?

Me miró con gravedad. Tenemos otro televisor.

Era verdá. Teníamos un televisor a blanco y negro de diez pulgadas con el volumen trabado permanentemente en el 2.

Mami me pidió que bajara un colchón del apartamento de Doña Rosie. Esto que está pasando es terrible, dijo Doña Rosie. Esto no es nada, dijo mami. Tendrías que haber visto en lo que dormíamos cuando yo era chiquita.

La próxima vez que vi a mi hermano fue en la calle; estaba con Pura y el niño. Estaba vestido con ropa que no le servía y lucía terrible. Le grité: Fokin comemierda, ¡tienes a mami durmiendo en el fokin piso!

No te metas conmigo, Yunior, me advirtió. Te voy a cortar la fokin cabeza.

Cuando quieras, bróder, le dije. Cuando quieras. Ahora que él pesaba solo cincuenta kilos y yo levantaba ochenta kilos en el banco, podía dármelas de aguajero, pero él simplemente se pasó el dedo por el cuello en amenaza.

Déjalo tranquilo, me rogó Pura, tratando de sujetarlo para que no me cayera atrás. Déjanos a todos tranquilos.

Oh, Pura, hola. ¿Y todavía no te han deportao?

Pero ya mi hermano estaba a mil y, a pesar de que pesaba solamente cincuenta kilos, decidí que no valdría la pena. Me largué.

Jamás lo hubiera creído, pero mi mamá no vaciló. Iba al trabajo. Se reunía con el grupo de rezo, y el resto del tiempo se lo pasaba en su cuarto. Esa fue su decisión. Pero no dejó de rezar por él. La oía en el grupo pidiéndole a Dios que lo protegiera, que lo curara, que le diera el don de discernimiento. De vez en cuando me mandaba a ver cómo estaba bajo el pretexto de llevarle medicina. A mí me daba terror, y pensaba que me iba a matar en el momento que tocara la puerta, pero mi mamá insistía. Sobrevivirás, me decía.

Primero el gujarati me dejaba pasar al apartamento y entonces tenía que tocar para poder entrar en el cuarto. Pura mantenía el sitio bien arregladito, se arreglaba para recibir esas visitas, e igual vestía al hijo como Recién Bajado de la Yola. La verdá que Pura jugaba su papel al máximo. Me daba un fuerte abrazo. ¿Cómo estás, hermanito? Pero a Rafa parecía no importarle dos carajos. Estaba acostao en la cama en calzoncillos, sin decirme na, mientras yo me sentaba con Pura en el borde de la cama, muy diligentemente explicándole cómo tomar una u otra pastilla. Pura movía la cabeza parriba y pabajo pero nunca me convencía de que entendía nada de lo que le decía.

Y entonces, calladito, le preguntaba: ¿Ha comido? ¿Se ha puesto malo?

Pura le daba un vistazo rápido a mi hermano. Es muy fuerte.

¿No ha vomitao? ¿No le ha dado fiebre?

Pura sacudía la cabeza.

Entonces OK. Me levantaba para irme. Bye, Rafa. Bye, caraverga.

Doña Rosie siempre estaba con mi mamá cuando regresaba de esas misiones, parece que para ayudar a mami a no aparentar que estaba desesperada. ¿Cómo lucía?, preguntaba la Doña, ¿dijo algo?

Me llamó caraverga. Me parece buena señal.

Una vez que mami y yo íbamos camino al Pathmark, vimos a mi hermano en la distancia con Pura y el mocoso. Yo me viré para ver si nos iban a saludar, pero mi mamá siguió caminando.

En septiembre la escuela comenzó de nuevo. Y Laura, la blanquita a quien había estado persiguiendo y regalándole yerba, se desapareció entre sus amigos de siempre. Claro que me saludaba cuando me veía en el pasillo, pero de buenas a primeras ya no tenía tiempo para mí. Mis panas pensaban que era comiquísimo. Aparentemente no eres su tipo. Y yo les contestaba: Aparentemente. Oficialmente era mi último año, pero hasta eso era dudoso. Ya me habían bajado de categoría, de honores a preparatoria –que era como en Cedar Ridge le llamaban al grupo de los que no iban rumbo a la universidad–, y yo lo único que hacía era leer, y cuando no podía leer porque estaba demasiao arrebatao, miraba por la ventana.

Después de un par de semanas de esa vaina, empecé a faltar a la escuela de nuevo, que fue, para comenzar, la razón por la que me habían bajado de honores. Mi mamá iba al trabajo temprano, regresaba tarde, y no podía leer una palabra de inglés, así que no había manera de que me fueran a descubrir. Por lo tanto estaba en casa el día que mi hermano abrió la puerta y entró al apartamento. Saltó cuando me vio sentado en el sofá.

¿Qué coño haces aquí?

Me reí. ¿Qué coño haces tú aquí?

Se veía terrible. Tenía una llaga negra en la esquina de la boca y los ojos se le habían hundido en la cara.

¿En qué andas? Te ves fokin terrible.

Me ignoró y fue directo al cuarto de mami. Me quedé sentao, pero lo oía buscando algo, y entonces se fue.

Esto pasó dos veces más. No fue sino hasta la tercera vez en que le estaba poniendo el cuarto patas arriba que mi cerebrito enmariguanao a lo Cheech & Chong se iluminó y caí en cuenta. ¡Rafa se estaba robando el dinero que mamá tenía guardao en el cuarto! Lo tenía en una cajita de metal, la cual escondía en diferentes lugares, pero que hasta yo mismo me mantenía al tanto de dónde la ponía en caso de cualquier emergencia.

Entré en el cuarto mientras Rafa estaba hurgando en el clóset. Saqué la cajita de una de las gavetas y me la metí debajo del brazo.

Salió del clóset. Me miró, y yo lo miré. Dámela, dijo.

No te voy a dar ni cojones.

Me agarró. En cualquier otro momento de nuestras vidas esto no hubiese sido una contienda —me hubiera partido en cuatro—, pero las reglas habían cambiao. No sabía cuál era más grande: la euforia de por fin ganarle en algo físico por primera vez en la vida, o el miedo de poderlo hacer.

Tumbamos esto y lo otro, pero yo no dejé que se acercara a la cajita y por fin se dio por vencido. Yo estaba listo para otro round pero él estaba temblando.

Está bien, jadeó. Quédate con el dinero. Pero no te preocupes. Tú verás, yo te voy a poner en tu sitio y pronto, Mister Gran Comemierda.

Me estoy cagando de miedo, le dije.

Esa noche se lo conté todo a mami. (Por supuesto, enfaticé que todo había ocurrido después de la escuela.)

Prendió la hornilla de la estufa debajo de las habichuelas que había dejado en remojo esa mañana. Por favor, no pelees con tu hermano. Deja que se lleve lo que le dé la gana.

Pero ¡nos está robando el dinero!

Está bien.

Coño que no, dije. Voy a cambiar la cerradura.

No, no lo hagas. Esta es su casa también.

No me jodas, ma. Estaba a punto de explotar, hasta que me di cuenta de lo que estaba pasando.

¿Ma?

Dime, hijo.

¿Hace cuánto tiempo que esto ha estado pasando?

¿Qué cosa?

Que él se está robando el dinero.

Me dio la espalda, así que puse la cajita de metal en el piso y salí a fumar.

A principios de octubre recibimos una llamada de Pura. No se siente bien. Mamá asintió, así que fui a ver. ¡Que no se sentía bien, vaya eufemismo! Mi hermano estaba fuera de sus cabales. Tenía una fiebre que quemaba y cuando le puse la mano encima me miró sin reconocerme. Pura estaba sentada en la cama con su hijo en brazos y trataba de aparentar estar preocupada. Dame las fokin llaves, le dije, pero ella me sonrió levemente. Las perdimos.

Claro que me estaba mintiendo. Ella sabía que si las llaves del Monarch caían en mis manos, ella jamás vería ese carro otra vez.

Él no podía caminar. Casi no podía abrir la boca. Traté de cargarlo pero no podía, no por diez cuadras, y por primera vez en la historia de nuestro barrio no había nadie en la calle. Para ese entonces ya nada de lo que murmuraba Rafa tenía sentido y yo estaba aterrorizao. De verdá: me empecé a frikiar. Pensé: Se va a morir aquí mismo. Entonces vi un carrito del supermercao. Lo arrastré y lo metí dentro. We good, le dije. We great. Pura nos miraba desde la puerta del edificio. Tengo que cuidar a Adrián, explicó.

Todos los rezos de mi mamá deben haber tenido algún efecto porque ese día se nos concedió un milagro. ¿Adivina quién estaba parqueada frente al apartamento, quién vino corriendo cuando vio a quien llevaba en el carrito, quién nos llevó a Rafa y a mí y a mami y a todas las Caraecaballos hasta el hospital Beth Israel?

Esa misma: Tammy Franco, también conocida como Fly Tetas.

Estuvo hospitalizado por un largo tiempo. Mucho ocurrió antes y después, pero se acabaron las jevitas. Esa parte de su vida había llegado a su fin. De vez en cuando Tammy lo visitaba en el hospital, pero seguía en la misma rutina de siempre; se sentaba, no decía ni pío, ni él tampoco, y después de un rato se iba. ¿Qué coñazo es eso?, le pregunté a mi hermano, pero jamás lo explicó, jamás dijo una palabra.

Pura –quien visitó a mi hermano en el hospital exactamente cero veces– pasó por el apartamento una vez más. Rafa todavía estaba en el Beth Israel, así que yo no tenía obligación alguna de dejarla pasar, pero me pareció una estupidez no ver qué quería. Pura se sentó en el sofá y trató de tomarle las manos a mamá, pero no había manera de que mamá la dejara. Pura había traído a Adrián y el mangansonito inmediatamente empezó a corretear y a tumbar cosas por todo el apartamento, y yo tuve que resistir el impulso de meterle una patada por el culo. Sin perder su cara de pobre-de-mí, Pura explicó que Rafa le había pedido prestao dinero y que ahora ella lo necesitaba, si no iba a perder su apartamento.

Oh, por favor, escupí.

Mi mamá la miró detenidamente. ¿Cuánto dinero fue?

Dos mil dólares.

Dos mil dólares. En 198… Esta tipa estaba loca.

Mi mamá movió la cabeza contemplativamente. ¿Y qué tú crees que él hizo con el dinero?

Yo no sé, Pura musitó. Él nunca me explicó nada a mí.

Y entonces se sonrió con tremenda fokin sonrisa.

La verdá que la jevita era un genio. Mami y yo estábamos hechos mierda, pero ella estaba como si na, y con una confianza sin límites: ahora que todo había terminao, ella ni se molestaba en disimular. La hubiera aplaudido si hubiera tenido la fuerza, pero yo estaba demasiao depre.

Por un momento, mami no dijo nada, y entonces se levantó y fue a su cuarto. Me imaginaba que iba a salir con la porquería de pistola de mi papá, que fue lo único suyo con que mamá se había quedao cuando él se fue. Para protegernos, había dicho en aquel momento, pero era más probable que fuera para pegarle un tiro a mi papá si se le ocurría asomarse por acá alguna vez. Yo miraba al carajito de Pura, feliz mientras tiraba la guía de la televisión. Me preguntaba cómo le iba a gustar ser huérfano. Y entonces apareció mi mamá, con un billete de cien en la mano.

Ma, dije débilmente.

Le dio el billete a Pura pero al principio no lo aflojó. Por un minuto, se miraron cara a cara, y entonces mami lo soltó y la fuerza entre ellas era tan grande que el billete sonó.

Que Dios te bendiga, dijo Pura. Se arregló la blusa y los senos antes de levantarse.

Ninguno de nosotros volvimos a ver a Pura o a su hijo o nuestro carro o nuestro televisor o nuestras camas o los X dólares que Rafa se robó para ella. Se desapareció de London Terrace antes de las navidades y nunca se supo su paradero. Me enteré de todo esto porque el gujarati me lo dijo cuando me encontré con él en el Pathmark. Estaba encabronao porque Pura todavía le debía dos meses de alquiler.

Es la última vez que le alquilo a uno de ustedes.

Amén, le dije.

Así que pensarías que quizá Rafa estaría un chin arrepentío cuando por fin le dieron de alta. Nada podría ser más improbable. No dijo na sobre Pura. No dijo na de na. Creo que por fin entendió de manera real que no se iba a curar. Veía mucha televisión y algunas veces tomaba unas lentas caminatas por el vertedero. Le dio por ponerse un crucifijo, pero se negó a rezar o a darle las gracias a Jesucristo, a pesar de que mi mamá se lo pedía. Las Caraecaballos estaban de regreso en el apartamento y hacían acto de presencia casi todos los días. Mi hermano las miraba y pa joder decía: Me resinga Jesú, lo que causaba que rezaran con más fuerza.

Yo traté de no estorbar. Por fin me había ligado con una jevita que no era ni la mitad de Laura, pero por lo menos le caía bien. Ella me había introducido a los hongos alucinógenos y yo andaba en eso; en vez de ir a la escuela, andaba con ella arrebatao. No le dedicaba ni un segundo a pensar sobre el futuro.

De vez en cuando, si había algún juego de pelota en la televisión y Rafa y yo nos encontrábamos solos, trataba de hablarle, pero jamás me contestaba. Se le había caído todo el pelo y ahora siempre tenía puesta una gorra de los Yankees, aun dentro de la casa.

Entonces, como al mes de haber dejado el hospital, yo regresaba de la bodega con un galón de leche, arrebatao, y pensando en la jevita nueva, cuando sentí de la nada como que mi cara había explotado. Todos los circuitos de mi cerebro de repente se apagaron. No tengo idea de cuánto tiempo estuve inconsciente, pero sueño y medio después me encontré de rodillas, la cara encendida, y en mis manos no la leche, sino un enorme candado Yale.

No fue hasta que llegué a casa y mami me puso una venda en el nudo que tenía en el cachete que me di cuenta de lo que había ocurrido. Alguien me había lanzado ese candado. Alguien quien, cuando todavía jugaba pelota durante la secundaria, tiraba una recta que zumbaba a ciento cincuenta kilómetros por hora.

Horrible, cacareó Rafa. Por poco te sacan el ojo.

Al rato, después que mami se acostó, me miró fijo: ¿No te dije que iba a haber un ajuste de cuentas? ¿No te lo dije?

Y entonces se echó a reír.

INVIERNO

Desde la cima de Westminster, la calle principal, se puede ver hacia el este un finísimo borde de mar como una cresta sobre el horizonte. A mi papá le habían enseñado esa vista –la administración se la enseñaba a todo el mundo–, pero al traernos del aeropuerto JFK él no se detuvo para señalarla. Es posible que el mar nos hubiera hecho sentir mejor, especialmente dado lo otro que había que ver. El propio London Terrace era un desastre; la mitad de los edificios todavía necesitaban alambrado eléctrico y con las luces del anochecer parecían buques de ladrillos naufragados. El fango perseguía la gravilla en todas partes y la grama, sembrada demasiao tarde en el otoño, se asomaba entre la nieve en mechones muertos.

Papi explicó que cada edificio tenía su propia lavandería. Mami sacó la boca como un hociquito por encima del cuello de su parka y asintió. Qué maravilla, dijo. Yo, muerto del miedo, miraba la nieve cernirse mientras mi hermano hacía crujir los dedos. Era nuestro primer día en Estados Unidos. El mundo se había congelao.

El apartamento nos parecía inmenso. Rafa y yo teníamos nuestro propio cuarto, y la cocina, con su refrigerador y estufa, era del tamaño de nuestra casa en Sumner Welles. No dejamos de temblar de frío hasta que papi ajustó la temperatura del apartamento a veintisiete grados. Había gotas de agua que parecían abejas por todas las ventanas y tuvimos que limpiar el cristal para poder ver pa afuera. Rafa y yo estábamos muy a la moda en nuestra ropa nueva y queríamos salir, pero papi nos dijo que nos quitáramos las botas y las parkas. Nos sentó frente al televisor, y vimos que sus brazos eran flacos y sorprendentemente velludos hasta la marca de las mangas cortas. Nos acababa de enseñar cómo descargar los inodoros, abrir la llave de los lavamanos y poner la ducha.

Esto no es un chiquero, dijo papi. Quiero que traten todo aquí con respeto. No boten la basura en el piso ni en la calle. No quiero que hagan sus cosas en los matorrales.

Rafa me dio con el codo. En Santo Domingo me meaba dondequiera y la primera vez que papi me vio, orinando en una esquina la misma noche de su regreso triunfal, me gritó: ¿Qué carajo estás haciendo?

Los que viven aquí son gente decente y así es como nosotros también vamos a vivir. Ahora ustedes son americanos. Tenía su botella de Chivas Regal en la rodilla.

Después de dejar pasar unos segundos para demostrar que sí, que había entendido todo lo que había dicho, pregunté: ¿Podemos salir ahora?

¿Por qué no me ayudas a desempacar?, sugirió mami. Tenía las manos quietas; generalmente jugaban con un pedazo de papel, con una manga, o entre sí.

Solo vamos a salir por un ratico, dije. Me levanté y me puse las botas. Si hubiera conocido mejor a mi papá, jamás le hubiera dado la espalda. Pero no lo conocía; él se había pasado los últimos cinco años trabajando en Estados Unidos, y nosotros habíamos pasado los últimos cinco años esperándolo en Santo Domingo. Me agarró por una oreja y me volvió a sentar en el sofá. Se veía que no estaba nada contento.

Saldrás cuando yo diga que puedes salir.

Busqué a Rafa con la vista, pero estaba sentado calladito frente al televisor. En la isla, él y yo cogíamos guaguas solitos de un lado de la capital al otro. Miré de nuevo a mi papá, pero su cara estrecha todavía no me era familiar. No me mires así, dijo. Mami se puso de pie. Mejor sea que me den una manito. No me moví. En la televisión los presentadores del noticiero emitían ruiditos monótonos. Repetían la misma palabra una y otra vez. Después, en la escuela, aprendería que la palabra era «Vietnam».

Como no teníamos permiso para salir de la casa –hace mucho frío, papi dijo una vez, pero la única verdadera razón era que a él no le daba la gana–, en esos primeros días nos la pasamos sentados frente al televisor o mirando la nieve a través de la ventana. Mami limpiaba todo como diez veces y nos hacía unos almuerzos superelaborados. Todos nos estábamos muriendo del aburrimiento.

En esos primeros días mami decidió que ver televisión podía ser beneficioso; así aprenderíamos inglés. Veía nuestras mentes adolescentes como un par de bellos girasoles que necesitaban luz y nos plantó lo más cerca posible del televisor para maximizar nuestra exposición. Veíamos las noticias, comedias, los muñequitos, *Tarzán*, *Flash Gordon*, *Jonny Quest*, *The Herculoids*, *Barrio Sésamo*; nos pasábamos ocho, nueve horas al día frente al televisor y nuestras mejores lecciones eran cortesía de *Barrio Sésamo*. Pronunciábamos cada palabra que aprendíamos, la repetíamos una y otra vez, pero cuando mami nos pedía que le enseñáramos, sacudíamos la cabeza y le decíamos: No te preocupes.

No, díganme, nos pedía, pero aun cuando pronunciábamos las palabras bien despacito, haciendo sonidos como grandes burbujas, ella nunca las podía duplicar. Sus labios desbarataban las vocales más simples. Eso suena horrible, le decía.

¿Y desde cuándo tú sabes hablar inglés?, preguntaba.

Durante la cena, ella probaba su inglés con papi, pero él solo picaba con el tenedor el pernil, el cual no era el mejor plato de mi mamá.

No entiendo ni una palabra de lo que me estás diciendo, comentaba. Es mejor que me dejes el inglés a mí.

Entonces ¿cómo voy a aprender?

No tienes por qué aprender, dijo. Además, la mayoría de las mujeres no pueden aprender inglés.

Es un idioma muy difícil de dominar, dijo en español, y lo repitió después en inglés.

Mami no dijo ni una sola palabra más. Por la mañana, en cuanto papi salía por la puerta, prendía el televisor y nos plantaba frente a él. Siempre hacía frío en el apartamento por la mañana y dejar la cama era un verdadero tormento.

Es demasiao temprano, decíamos.

Es igual que ir a la escuela, contestaba.

No, no es igual, decíamos. Estábamos acostumbrados a ir a la escuela al mediodía.

Ustedes se quejan demasiado. Ella se paraba detrás de nosotros y cuando me volteaba la veía mascullando las mismas palabras que estábamos aprendiendo, tratando de entenderlas.

Hasta los ruidos matutinos de papi me eran extraños. Desde la cama oía cuando tropezaba en el baño, como si estuviera borracho o algo parecido. No tenía idea de en qué trabajaba en Reynolds Aluminum, pero en el clóset había muchos uniformes con manchas de aceite de motor.

Me había imaginado un padre diferente, un padre que medía más de dos metros de altura y tenía suficiente dinero para comprar el barrio entero, pero este era un papá de tamaño común, con una cara cualquiera. Cuando se apareció en Santo Domingo, vino a la casa en un taxi abollado y de regalo nos trajo cosas pequeñas –pistolas plásticas y trompos– que no eran para niños de nuestra edad y que rompimos inmediatamente. A pesar de que nos abrazó y nos llevó a comer en el malecón –primera vez en la vida que comíamos filete de carne a la parrilla– no sabía qué pensar de él. Es difícil imaginarse a un padre.

Las primeras semanas que estuvimos en Estados Unidos, casi todo el tiempo que papi estuvo en casa se lo pasó leyendo o viendo televisión. Nos dijo muy poco que no fuera regaño, lo que no nos sorprendió. Habíamos visto a otros papás en acción, por lo tanto entendíamos que las cosas eran así.

Con mi hermano era cuestión de que no gritara y de que no tropezara y tumbara las cosas. Pero conmigo se la cogió con la vaina de los cordones de los zapatos. Papi estaba obsesionado con los cordones de los zapatos. Yo no los sabía amarrar correctamente, y después que inventaba un nudo formidable, papi se arrodillaba y lo deshacía con un simple jaloncito. Por lo menos tienes un futuro como mago, decía Rafa, pero la vaina era en serio. Rafa me enseñó, y yo dije: Bien, y lo hacía sin problemas cuando estaba con él. Pero en cuanto papi se aparecía y me observaba con la mano en la correa, me trababa; yo miraba a papá como si para mí los cordones fueran cables eléctricos vivos que él quería que yo tocara. Conocí a hombres brutos en la Guardia, papi decía, pero todos podían amarrarse los fokin cordones. Miró a mi mamá. ¿Qué le pasa a este muchacho? Ese tipo de pregunta no tiene respuesta. Ella bajó la vista, estudió las venas de sus propias manos. Por un segundo los ojos aguaos de mi papá dieron con los míos. No me mires así.

Y en los días que lograba un nudo retardao medio decente, como Rafa les decía, entonces papi me regañaba por el pelo. El pelo de Rafa era lacio y se le podía pasar un peine como en el sueño de cualquier abuelo caribeño, pero al mío todavía le quedaban suficientes rasgos de África para condenarme a múltiples pases de peine y a cortes de pelo extraordinarios. Mi mamá nos pelaba una vez al mes, pero cuando me sentó esta vez papá le dijo que no perdiera el tiempo.

Eso solo se resuelve de una manera, dijo. Ve y vístete.

Rafa me siguió al cuarto y me observó mientras me abotonaba la camisa. No abrió la boca. Me estaba poniendo nervioso. ¿Qué te pasa?, pregunté.

Na.

Entonces deja de mirarme. Cuando llegó el momento de ponerme los zapatos, él me amarró los cordones. En la puerta mi papá los vio y dijo: Vas mejorando.

Yo sabía dónde estaba parqueada la van pero cogí en la dirección opuesta solo para poder echarle un vistazo al barrio. Papi no se dio cuenta de mi defección hasta que le había dado la vuelta a la esquina, y cuando gruñó mi nombre regresé rápido, pero por fin había visto los campos abiertos y a los otros niños jugando en la nieve.

Me senté delante. Él puso un casete de Johnny Ventura y le dio suave hasta la Ruta 9. La nieve estaba amontonada en pilas sucias a ambos lados de la carretera. No creo que haya nada peor que la nieve vieja, dijo. Es linda cuando cae pero en cuanto toca tierra se convierte en mierda nomá.

Cuando cae nieve, ¿hay accidentes igual que cuando llueve?

No cuando estoy yo al timón.

Las plantas a la orilla del Raritan estaban tiesas y de color arena. Cuando cruzamos el río, papi dijo: Trabajo en el próximo pueblo.

Habíamos ido a Perth Amboy en busca de un verdadero talento, un barbero puertorriqueño que se llamaba Rubio que sabía exactamente qué hacer con mi pelo malo. Me embarró la cabeza con dos o tres cremas y me hizo esperar con la cabeza llena de espuma. Después que su esposa me lavó el cráneo, me estudió en el espejo, me haló el pelo, le echó aceite y, al final, suspiró.

Es mejor pelarlo a caco, dijo papi.

Tengo otras cosas que podrían ayudar.

Papi ojeó su reloj. Pélalo a caco.

Vaya, dijo Rubio. Vi las cuchillas del abejón pasar por mi pelo como un arador y vi aparecer mi cuero cabelludo, tierno e indefenso. Uno de los viejos que esperaba su turno resopló y se tapó la cara con el periódico. Tenía náuseas; no quería que me pelaran al rape pero ¿cómo se lo podía explicar a mi papá? No tenía palabras. Al terminar, Rubio me echó talco en el cuello. Ahora te ves guapo, me dijo. Pero él mismo no estaba convencido. Me regaló un chicle, que mi hermano me robó en cuanto llegamos a casa.

¿Y?, preguntó papá.

Está demasiao corto, confesé.

Es mejor así, dijo, y le pagó al barbero.

En cuanto salimos, el frío me cayó en la cabeza como un bloque de tierra fría.

Manejamos de regreso en silencio total. Un buque petrolero entraba al puerto de Raritan y yo trataba de imaginar cuán fácil sería colarme a bordo y desaparecer.

¿Te gustan las negras?, preguntó papá.

Viré a ver a las mujeres que acababan de pasar. Cuando volteé la cara de nuevo, me di cuenta que papá estaba esperando que le contestara, que le interesaba saber, y aunque quería soltar que no me gustaban las muchachas de ningún tipo, en vez le dije: Claro que sí, y él sonrió.

Son bellas, dijo, y prendió un cigarro. Te atenderán mejor que nadie.

En cuanto me vio, Rafa explotó en risas. Pareces un dedo gordo.

Dios mío, dijo mami al darme la vuelta. ¿Por qué le hiciste semejante cosa?

Pero si luce bien, dijo papi.

Se va a enfermar del frío.

Papi puso su mano fría sobre mi cabeza. A él le gusta, dijo.

Papi trabajaba una interminable semana de cincuenta horas y esperaba disfrutar del silencio en sus días libres, pero mi hermano y yo teníamos demasiada energía como para estar callados. No lo pensábamos dos veces para dar brincos en el sofá, como si fuera un trampolín, a las nueve de la mañana, precisamente a la hora que papi estaba tratando de dormir. En nuestro antiguo barrio estábamos acostumbrados a que la gente pusiera merengue a todo volumen las veinticuatro horas del día. Nuestros vecinos de arriba, quienes vivían peleando como fieras, le daban patadas al piso. ¡Cállense, por favor! Entonces papi salía del cuarto, con los calzoncillos sueltos, y decía: ¿Qué les he dicho? ¿Cuántas veces les tengo que decir que se callen? Daba galletazos como si na y nos obligaba a pasar tardes enteras de castigo en el Penitenciario –nuestro cuarto–, donde teníamos que quedarnos en la cama y no nos podíamos levantar. Si entraba y nos agarraba mirando por la ventana, disfrutando la linda nieve, nos halaba las orejas, nos daba otro galletazo y entonces nos obligaba a arrodillarnos en la esquina por horas. Si fallábamos en eso, porque nos poníamos a jugar o a hacer trampa, entonces nos hacía arrodillar sobre un guayo de coco, sobre el lado cortante, y solamente nos dejaba ponernos de pie cuando empezábamos a sangrar y a lloriquear.

Ahora a ver si se quedan callados, decía satisfecho, y nos acostábamos con las rodillas ardiendo por el yodo. Esperábamos a que se fuera al trabajo para poner las manos contra el vidrio frío de las ventanas.

Veíamos a los niños del barrio construyendo hombres de nieve e iglús, tirándose bolas de nieve. Le conté a mi hermano del campo abierto que había visto, vasto en mi memoria, pero él simplemente se encogió de hombros. Había una pareja de hermanos que vivía al frente, en el apartamento número cuatro, y cuando ellos salían a jugar los saludábamos. Ellos nos saludaban también y con gestos nos pedían que saliéramos a jugar con ellos, pero nosotros sacudíamos la cabeza: no podíamos.

El hermano halaba a su hermana hacia donde estaban los otros niños con sus palas y sus largas bufandas incrustadas de nieve. A mí me parecía que a ella le gustaba Rafa y se despedía de él al irse. Pero él no hacía ningún gesto.

Se supone que las americanas sean bellas, me dijo. ¿Has visto alguna?

¿Y ella qué es? Sacó una servilleta y estornudó, soltando un doble cañón de mocos. Todos teníamos dolor de cabeza y catarro y tos; aun con la calefacción al máximo, el invierno estaba acabando con nosotros. Me tenía que poner un gorro de Navidad hasta dentro del apartamento para mantener la cabeza caliente; parecía un duende tropical malhumorado.

Me limpié la nariz. Si esto es Estados Unidos, que me manden de vuelta por correo.

No te preocupes. Mami dice que probablemente vamos a regresar.

¿Y cómo lo sabes?

Ella y papi lo han estado discutiendo. Ella piensa que es mejor si regresamos. Rafa corrió un dedo tristemente por la ventana; no se quería ir; le gustaba la televisión y el inodoro y ya se imaginaba con la muchachita del apartamento número cuatro.

No sé qué pensar de eso, le dije. A mí me parece que papi no se quiere ir.

¿Y qué tú sabe, si eres un mojoncito?

Sé más que tú, le dije. Papi jamás había mencionado regresar a la isla. Esperé a que estuviera de buen humor, después de ver el programa de Abbott y Costello, y le pregunté si pensaba que nos íbamos a regresar pronto.

¿A qué?

A visitar.

Tú no vas pa ninguna parte.

A la tercera semana me preocupaba el que no fuéramos a sobrevivir. Mami había sido nuestra autoridad en la isla, pero aquí había declinado. Nos cocinaba y entonces se sentaba a esperar para fregar los platos. No tenía amigas, ni vecinos que visitar. Deben hablar conmigo, decía, pero nosotros le contestábamos que debía esperar a que papi llegara a casa. Él hablará contigo, le decía, te lo aseguro. El temperamento de Rafa empeoró. Ahora, cuando le halaba el pelo, que siempre había sido un juego entre nosotros, explotaba. Peleábamos y peleábamos y peleábamos y después que mami nos separaba, en vez de hacer las paces como antes, nos sentábamos en lados opuestos del cuarto con mala cara, planificando la desaparición del otro. Te voy a quemar vivo, me prometió. Mejor es que te cuentes las extremidades, le dije, para que así sepan cómo arreglarte para tu entierro. Éramos como un par de reptiles, echando chorros de ácido por los ojos. El aplastante aburrimiento lo hacía todo peor.

Un día vi a los hermanos del apartamento cuatro saliendo a jugar y en vez de saludarlos me puse la parka. Rafa estaba en el sofá cambiando canales entre un show de cocina china y un juego all-star de pequeñas ligas. Le dije: Voy a salir.

Ajá, dijo, pero cuando abrí la puerta exclamó: ¡Hey!

Hacía frío afuera y por poco resbalo y me caigo por las escaleras. Nadie en el barrio era de los que palean nieve. Me cubrí la boca con la bufanda y patiné por la corteza irregular de nieve. Me encontré con los hermanos al lado del edificio.

Grité: ¡Esperen! Quiero jugar con ustedes.

El niño me miró con media sonrisa pero sin entender una sola palabra de lo que les había dicho, apretujando los brazos nerviosamente a los lados. Increíblemente, su pelo no tenía color alguno. Su hermana tenía los ojos verdes y pecas en la cara y usaba una capucha de pelaje rosado. Teníamos guantes de la misma marca, baratos, comprados en Two Guys. Me detuve y nos miramos unos a otros, el blanco de nuestros alientos casi tocándose y achicando la distancia entre nosotros. El mundo era de hielo y el hielo quemaba con la luz del sol. Este era mi primer verdadero encuentro con americanos y me sentía libre y capaz. Hice un gesto con mis guantes y les sonreí. La niña se viró hacia su hermano y se rió. Él le dijo algo y ella salió corriendo a donde estaban los otros niños, su risa como chispas que iba dejando atrás igual que el humo de su aliento.

He querido salir a jugar, dije, pero mi papá no nos deja por el momento. Cree que somos muy chiquitos pero, mira, yo soy mayor que tu hermana y mi hermano parece mayor que tú.

El niño se señaló a sí mismo. Eric, dijo.

Me llamo Yunior, dije.

Su sonrisa jamás se apagó. Se viró y caminó hacia el grupo de muchachos que se acercaba. Sabía que Rafa me estaba mirando desde la ventana y resistí el impulso de dar la vuelta y saludarlo. Los gringuitos me miraron a distancia y entonces se fueron. Esperen, dije, pero entonces llegó un Oldsmobile que se parqueó en el próximo estacionamiento, sus llantas enfangadas y cubiertas de nieve. No los pude seguir. La niña miró pa atrás una vez, y un mechón de pelo se le escapó de la capucha. Cuando se fueron, me quedé en la nieve hasta que los pies se me enfriaron. Tenía demasiao terror de que me dieran una paliza por ir más lejos.

Rafa estaba tirado frente al televisor.

Hijo de la gran puta, le dije, y me senté.

Parece que te congelaste.

No le contesté. Vimos televisión hasta que una bola de nieve dio contra la ventana de la puerta del patio y los dos dimos un salto.

¿Qué pasó?, mami preguntó desde su cuarto.

Dos bolas más le dieron a la ventana. Eché una miradita detrás de la cortina y vi a los hermanos de al lado escondidos detrás de un Dodge enterrado en la nieve.

Nada, señora, dijo Rafa. Es la nieve.

¿Cómo? ¿La nieve está aprendiendo a bailar?

Solo que está cayendo, dijo.

Los dos nos paramos detrás de la cortina y miramos al niño lanzando duro y rápido, como un pitcher.

Todos los días los camiones de basura pasaban por el barrio. El vertedero quedaba a dos millas pero la mecánica del aire de invierno nos traía el ruido y la peste sin diluirlos. Cuando abríamos la ventana podíamos oír y oler los bulldozers regando la basura en gruesas y pútridas capas por el vertedero. Podíamos ver las gaviotas en la cima, miles de ellas, revoloteando.

¿Tú crees que los niños jueguen ahí?, le pregunté a Rafa. Estábamos en la galería, haciéndonos los guapos; papi podía entrar en el parqueo en cualquier momento y vernos.

Claro que sí. ¿Tú no lo harías?

Me pasé la lengua por los labios. Ahí uno se podría encontrar un montón de cosas.

Exactamente, dijo Rafa.

Esa noche soñé que estaba en casa, que jamás nos habíamos ido. Cuando me desperté, tenía dolor de garganta, tenía fiebre. Me lavé la cara en el lavamanos y entonces me senté frente a la ventana, mi hermano dormido, y así vi cómo caían las gotas de hielo y se convertían en una coraza dura sobre los carros, la nieve y el pavimento. Se suponía que al crecer uno perdiera la capacidad de dormir con facilidad en lugares nuevos, pero yo nunca la tuve como para perderla. El edificio empezaba a acomodarse; la magia del clavo acabado de martillar disminuía. Oí a alguien en la sala y cuando fui a ver encontré a mi mamá frente a la puerta del patio.

¿No puedes dormir?, me preguntó. Y vi su cara suave y perfecta en el resplandor de los halógenos.

Sacudí la cabeza.

Siempre hemos sido igualitos, dijo. Y eso no te va a hacer la vida nada fácil.

La abracé por la cintura. Esa mañana desde la puerta del patio vimos llegar tres camiones de mudanza. Voy a rezar para que sean dominicanos, dijo con la cara contra la ventana, pero todos resultaron ser puertorriqueños.

Ella debió haberme llevado a la cama, porque por la mañana me desperté junto a Rafa. Roncaba. Papi dormía en la habitación de al lado, roncando también, y algo me decía que yo tampoco era un durmiente silencioso.

A fin del mes, los bulldozers llenaron el vertedero con una capa de tierra blanda y rubia y desalojaron las gaviotas que zumbaban sobre el proyecto, cagando y barbullando, hasta que empezaron a traer basura de nuevo.

Mi hermano estaba haciendo todo lo posible para ser Hijo Número Uno. En todo lo demás era el mismo, pero ahora obedecía a papá con una escrupulosidad que jamás había demostrado antes. Mi hermano solía ser un animal, pero en la casa de papá se había convertido en niño bueno. Si papi decía que nos quedáramos adentro, Rafa se quedaba adentro. Era como si el viaje a Estados Unidos hubiera acabado con lo más rudo de él. Cuando menos lo esperabas volvía a la vida, pero en esos primeros y terribles meses funcionaba con sigilo. Nadie lo hubiera reconocido. Yo también quería caerle bien a papá pero no me daba la gana de obedecer; a ratos jugaba en la nieve, pero jamás me alejaba mucho del apartamento. Te van a coger, pronosticaba Rafa. Me daba cuenta que mi atrevimiento lo tenía abatido; me miraba desde la ventana mientras yo compactaba la nieve y me tiraba en los ventisqueros. Mantenía cierta distancia de los gringos. Cuando veía a los hermanos del apartamento número cuatro, dejaba de comer mierda y me ponía en alerta en caso de ataques sorpresa. Eric me saludaba y su hermana también; yo no los saludaba. Una vez vino y me enseñó una pelota nueva. Dijo: Roberto Clemente, pero yo seguí construyendo mi fortaleza de nieve. Su hermana se ruborizó y le gritó algo y entonces Eric se fue.

Un día, la hermana salió sola y yo la seguí al campo abierto. Había unos grandes tubos de concreto regados por la nieve. Ella se coló en uno y yo la seguí, arrastrándome de rodillas.

Se sentó con las piernas cruzadas y me sonrió. Sacó las manos de los guantes y las frotó. Estábamos protegidos del viento y seguí su ejemplo. Me pulsó con el dedo.

Yunior, dije.

Elaine, dijo.

Nos quedamos así por un rato, yo con dolor de cabeza por el deseo de comunicarme, pero ella solo soplaba sus manos. Entonces oyó a su hermano llamándola y salió corriendo. Yo salí también. Estaba parada al lado de su hermano. Cuando él me vio, gritó algo y tiró una bola de nieve en mi dirección. Contesté tirando una también.

En menos de un año se habían mudado. Ese fue el caso con todos los blancos. Los únicos que quedamos fuimos nosotros, los prietos.

Mami y papi hablaban de noche. Él se sentaba de su lado de la mesa y ella se inclinaba hacia él. Preguntaba: ¿Tú no piensas dejar que estos niños salgan? Ellos no pueden seguir encerrados aquí.

Pronto empezarán la escuela, dijo mientras fumaba su pipa. Y en cuanto termine el invierno quiero llevarlos a ver el mar. Se puede ver desde por aquí, pero es mejor cuando lo ves de cerca.

¿Y cuánto más durará el invierno?

Casi nada, prometió. Verás. En unos meses ninguno de ustedes se acordará de esto y entonces tampoco tendré que trabajar tanto. Podremos viajar en la primavera y verlo todo.

Espero que así sea, dijo mami.

Mi mamá no era el tipo de mujer que se dejaba intimidar fácilmente, pero en Estados Unidos se dejó someter por papá. Si él le decía que tenía que estar en el trabajo dos días corridos, decía OK y cocinaba suficiente moro para que le durara varios días. Estaba deprimida y triste y extrañaba a su papá, y a sus amigos, y a nuestros vecinos. Todo el mundo le había advertido que Estados Unidos era un lugar difícil y que hasta al Diablo le habían partido el culo, pero nadie le había dicho que se iba a pasar el resto de su vida con sus hijos incomunicada por la nieve. Escribía carta tras carta rogándoles a sus hermanas que vinieran lo antes posible. Para ella el barrio estaba vacío y sin un solo amigo. Le rogó a mi papá que por favor invitara a sus amigos a casa. Quería hablar de cosas sin importancia, quería hablar con alguien que no fuera su hijo o su marido.

Ustedes todavía no están en condiciones para recibir invitados, dijo papi. Mira la casa. Mira a tus hijos. Me da vergüenza verlos tirados así.

No te puedes quejar de este apartamento. Me paso la vida limpiando.

¿Y tus hijos?

Mi mamá me echó un vistazo y después a Rafa. Cubrí un zapato con el otro. Después de eso le pidió a Rafa que se encargara de los cordones de mis zapatos. Cuando veíamos la van de papá llegar al estacionamiento, mami nos llamaba para hacernos una inspección rápida. Pelo, dientes, manos, pies. Si teníamos algo mal, nos escondía en el baño hasta que lo pudiera arreglar. Empezó a hacer unas comidas elaboradas. Hasta se levantaba a cambiar el canal de la televisión para papi sin llamarlo zángano.

OK, dijo por fin. Quizá podemos probar.

No tiene que ser nada especial, dijo mami.

Dos viernes seguidos trajo a cenar a un amigo, y mami se puso su mejor mono de poliéster y nos vistió con pantalones rojos, correas blancas y anchas, y unas camisas Champs de color azul amaranto. Verla a ella tan contenta que casi no podía respirar nos daba esperanzas de que nuestro mundo podría mejorar, pero aquellas cenas fueron bastante incómodas. Los hombres eran solteros y dividían su tiempo entre hablarle a papi y ojearle el culo a mami. Papi disfrutaba las visitas, pero mami estaba de pie todo el tiempo, llevando la comida a la mesa, destapando cervezas y cambiando el canal. Al principio de cada noche, estaba suelta y natural y refunfuñaba tan fácil como sonreía. Pero en cuanto los hombres se desabrochaban la correa de los pantalones, se quitaban los zapatos y se perdían en sus temas, ella se retiraba. Se quedaba con una leve y cautelosa sonrisa que iba dispersándose como una sombra en la pared. En general, a nosotros los niños nos ignoraban, excepto una vez, cuando el primer visitante preguntó: ¿Ustedes dos boxean tan bien como su papá?

Son excelentes peleadores, dijo papi.

Tu papá es superrápido. Excelente con las manos. Miguel se nos acercó. Una vez lo vi acabar con un gringo, le dio hasta que chilló.

Miguel había traído una botella de ron Bermúdez; papá y él se habían emborrachao.

Ya es hora de que se vayan para el cuarto, dijo mami, y me tocó el hombro.

¿Por qué?, pregunté. No hacemos nada más que sentarnos en el cuarto.

Exactamente igual como me siento yo en mi casa, dijo Miguel.

La mirada de mi mamá me cortó por la mitad. Cállate, dijo, y nos empujó hasta el cuarto. Igual que habíamos pronosticado, nos sentamos, y escuchamos. Las dos visitas siguieron el mismo guión: los hombres comieron hasta reventarse, felicitaron a mami por la comida, a papi por sus hijos, y se quedaron más o menos una hora más para quedar bien. Cigarros, dominó, chismes, y entonces el inevitable: Bueno, tengo que coger camino. Hay que trabajar mañana. Tú sabes cómo es.

Claro que sí. Los dominicanos no conocemos otra cosa.

Después, mami fregó los calderos calladita en la cocina, raspando el cuero de puerco quemao, mientras papi salió a la galería en mangas cortas, como si en estos últimos cinco años se hubiera vuelto inmune al frío. Cuando volvió adentro, se duchó y se puso unos overoles. Tengo que ir a trabajar, dijo.

Mami dejó de raspar el caldero con una cuchara. Debes buscarte un trabajo más fijo.

Papi se encogió de hombros. Si crees que los trabajos son tan fáciles de conseguir, entonces búscate uno.

En cuanto salió, mami le arrancó la aguja al disco e interrumpió a Félix del Rosario. La oímos en el clóset poniéndose el abrigo y las botas.

¿Crees que nos va a abandonar?, pregunté.

Rafa frunció el ceño. Quizá, dijo.

Cuando oímos la puerta del apartamento cerrarse, salimos corriendo del cuarto y nos encontramos con la casa vacía.

Tenemos que salir detrás de ella, dije.

Rafa paró al llegar a la puerta. Vamos a darle un minuto, dijo.

¿Qué te pasa?

Vamos a esperar dos minutos, dijo.

Uno, le contesté en voz alta. Miró por la ventana de la puerta del patio. Estábamos a punto de salir cuando ella regresó jadeando, envuelta en un halo de frío.

¿Dónde estabas?, pregunté.

Fui a caminar. Se quitó el abrigo en la puerta. Tenía la cara roja de frío y respiraba hondo, como si hubiera saltado los últimos treinta escalones.

¿Adónde?

A la esquina.

¿Por qué coño te fuiste?

Empezó a llorar, y cuando Rafa fue a ponerle la mano en la cintura, se la quitó bruscamente. Regresamos al cuarto.

Creo que se está volviendo loca, dije.

No, dijo Rafa, es que se siente sola.

La noche antes de la tormenta oímos el viento por la ventana. Cuando me desperté por la mañana me estaba congelando. Mami ajustaba el termostato; el agua gorgoteaba en las tuberías, pero no había manera de que el apartamento se calentara.

Vayan a jugar, dijo mami. Así se distraen.

¿Se dañó?

No sé. Miró el aparato con desconfianza. Quizá esté lento esta mañana.

No había un solo gringo afuera jugando. Nos sentamos frente a la ventana a esperarlos. Por la tarde, mi papá llamó desde el trabajo; se podían oír los montacargas por el teléfono.

¿Rafa?

No, soy yo.

Ve y busca a tu mamá.

Viene tremenda tormenta, le explicó. Podía oír su voz aun desde donde estaba. No hay manera de que pueda volver a casa. La vaina va de mal en peor. Quizá pueda regresar mañana.

¿Qué hago?

No salgan y llena la bañadera de agua.

¿Dónde vas a dormir?, preguntó mamá.

En casa de un amigo.

Viró la cara para que no la viéramos. OK. Cuando colgó se sentó frente al televisor. Se dio cuenta que la iba a fastidiar preguntando por papi; me dijo: Mira tu show.

Radio WADO recomendaba guardar frazadas, agua, linternas y comida. No teníamos ninguna de esas cosas.

¿Qué pasa si nos quedamos enterrados?, pregunté. ¿Nos vamos a morir? ¿Tendrán que venir en bote a salvarnos? No sé, dijo Rafa. No sé na de nieve. Lo estaba asustando. Fue a la ventana a ver si podía ver algo. Todo va a salir bien, dijo mami. Mientras tengamos calefacción. Fue y subió la temperatura de nuevo. Pero ¿qué pasa si nos quedamos enterrados? No puede caer tanta nieve. ¿Y qué sabes tú? Treinta centímetros no entierran a nadie, ni siquiera a un dolor de cabeza como tú.

Salí a la galería a ver caer los primeros copos como ceniza bien cernida. Si nos morimos, papi se va a sentir bien jodío, dije.

Mami viró la cara y se rió.

Cayeron diez centímetros en una hora y la nieve seguía.

Mami esperó hasta que ya nos habíamos acostao, pero cuando oí la puerta desperté a Rafa. Está en lo mismo otra vez, dije.

¿Salió?

Sí.

Se puso las botas con detenimiento. Hizo pausa en la puerta y contempló el apartamento vacío. Vamos, dijo.

Ella estaba al final del parqueo, a punto de cruzar Westminster. Se veía el resplandor de la luz de los apartamentos en el suelo congelao y nuestro aliento era blanco en el aire nocturno. La nieve volaba.

Regresen a casa, dijo.

No nos movimos.

¿Por lo menos cerraron la puerta con llave?, preguntó.

Rafa sacudió la cabeza.

No hay ladrón que salga en este frío, dije.

Mami sonrió y por poco resbala en la acera. Todavía no sé cómo caminar muy bien en esta vaina.

Yo sí, dije. Agárrate de mí.

Cruzamos Westminster. Los carros venían lentamente y el viento aullaba y nevaba.

No está tan malo, dije. Esta gente debería ver lo que es un ciclón.

¿Adónde vamos?, preguntó Rafa. Pestañeaba para que no se le pegara la nieve en los ojos.

Derecho, dijo Mami. Así no nos perdemos. Deberíamos marcar el hielo. Nos abrazó a los dos. Es mejor si vamos recto.

Llegamos al final de los apartamentos y podíamos ver el vertedero, un montículo impreciso y oscuro contiguo al Raritan. Brotaban fuegos de la basura como si fueran llagas. Los camiones de basura y los bulldozers descansaban calladitos y con reverencia en la base. Todo olía a algo del fondo del río, algo húmedo y jadeante. Después encontramos las canchas de básquet y la piscina sin agua, y Parkwood, el próximo barrio, con todas las casas ocupadas, y repleto de niños.

Hasta vimos el mar desde la cima de Westminster, como la hoja de un cuchillo largo y curvado. Mami lloraba pero nos hicimos los que no nos habíamos dado cuenta. Les tiramos bolas de nieve a los carros que venían resbalándose y, una vez, me quité el gorro para ver cómo se sentían los copos de nieve al caer en mi dura y fría cabeza pelada.

MISS LORA

1

Años después te preguntarás que, si no hubiese sido por tu hermano, ¿te hubieras metido en aquel rollo? Te acuerdas de que los tígueres todos la aborrecían, que era demasiado flaca, que no tenía culo ni tetas, que parecía un palito, pero a tu hermano no le importaba. Yo se lo metería.

Tú se lo meterías a cualquiera, alguien dijo burlonamente.

Y él lo miró de arriba abajo. Lo dices como si eso fuera algo malo.

2

Tu hermano. Hace un año que murió y de vez en cuando todavía sientes una tristeza esplendorosa, aunque al final la verdad es que se había convertido en un superhijoeputa. No tuvo una muerte fácil. En esos últimos meses no dejó de tratar de escaparse. Lo agarraban tratando de coger un taxi en la puerta del Beth Israel o caminando por alguna calle de Newark en sus piyamas verdes de hospital. Una vez convenció a una ex novia para que lo llevara en carro a California, pero al llegar a las afueras de Camden empezaron a darle convulsiones y ella te llamó, aterrada. ¿Fue algún impulso atávico de querer morir solo, fuera de vista? ¿O es que estaba tratando de cumplir con algo que siempre había tenido dentro? ¿Por qué estás haciendo eso?, le preguntaste. Pero él solo sonrió. ¿Haciendo qué?

En esas últimas semanas, cuando estaba tan débil que ya no podía tratar de escaparse, se rehusó a hablar contigo o con tu mamá, se negó a pronunciar una sola palabra hasta que se murió. A tu mamá no le importó. Ella lo quería y rezaba por él y le hablaba como si él estuviera bien. Pero ese silencio terco a ti te hirió. Eran sus fokin últimos días y se negaba a decir una sola palabra. Le hacías preguntas directas: ¿Cómo te sientes hoy? Y Rafa viraba la cara. Como si ustedes no merecieran una respuesta. Como si nadie mereciera una respuesta.

3

Tú estabas en esa edad en la cual te podías enamorar de una muchacha solamente por una expresión, por un gesto. Eso fue lo que ocurrió con tu novia, Paloma; se agachó para recoger su cartera y tu corazón se te fue.

Eso fue lo que pasó también con miss Lora.

Era 1985. Tenías dieciséis años y estabas jodido y te sentías superfokin solo. Lo otro es que estabas convencido —totalmente, absolutamente convencido— de que el mundo iba a explotar en un millón de pedazos. Casi todas las noches te daban pesadillas que hacían a las del presidente en *Dreamscape* parecer como una comedera de mierda. En tus sueños siempre había bombas explotando y te evaporabas mientras caminabas, o cuando te comías una alita de pollo, mientras ibas en la guagua de la escuela o cuando singabas con Paloma. Te despertabas aterrorizado, mordiéndote tu propia lengua, con sangre chorreándote hasta la barbilla.

La verdad es que alguien te debería haber medicado.

Paloma encontraba todo esto ridículo. No quería saber nada de La Destrucción Mutua Asegurada, La Agonía del Gran Planeta Tierra, «Empezamos a bombardear en cinco minutos», SALT II, *El día después, Catástrofe nuclear, Amanecer rojo, Juegos de guerra, Gamma World* ni nada de eso. Te decía Mister Depre. Y ella sí que no necesitaba nada más depresivo de lo que ya tenía encima. Vivía en un apartamento de un cuarto, con cuatro hermanitos menores y su mamá incapacitada. Y encima de eso tomaba clases avanzadas. No tenía tiempo para nada y tú sospechabas que ella estaba contigo más que nada porque le daba pena lo que había pasado con tu hermano. Tampoco pasaban tanto tiempo juntos, ni se acostaban ni nada de eso. Era la única puertorriqueña en el planeta que no daba el culo por ninguna razón. No puedo, decía. No puedo cometer un solo error. ¿Y por qué es que el sexo conmigo sería un error?, exigías, pero ella sacudía la cabeza y te sacaba la mano de sus pantalones. Paloma estaba convencida de que si cometía un solo error en los próximos dos años, un solo error, estaría atrapada con esa familia de ella para siempre. Esa era su pesadilla. Imagínate si no me aceptan en ninguna universidad, decía. Todavía me tendrías a mí, decías, tratando de consolarla, pero Paloma te miraba como si el apocalipsis fuera preferible.

Así que le hablabas del día del juicio final a quien te escuchara, a tu maestro de historia, que te confesó que había construido una cabaña para sobrevivir en los Poconos, a tu pana que estaba haciendo servicio militar en Panamá (en esos días todavía escribías cartas), y a la vecina de a la vuelta de la esquina, miss Lora. Eso fue lo que los conectó a ustedes dos al principio. Te escuchó. Aún mejor, había leído *Ay, Babilonia* y había visto parte de la película *El día después*, y las dos cosas la habían dejado monga de miedo.

El día después no tiene nada siniestro, te quejaste. Es una mierda. No se puede sobrevivir a la detonación de un explosivo metiéndose abajo de un tablero.

Quizá fue un milagro, dijo, haciéndote el juego.

¿Un milagro? Qué estupidez. Lo que necesitas ver es *Catástrofe nuclear*. Eso sí que espanta a cualquiera.

Probablemente no lo podría soportar, te dijo, y entonces te puso la mano en el hombro.

Todo el mundo siempre te andaba tocando. Ya estabas acostumbrado. Eras un levantador de pesas aficionado, algo que hacías para tener la mente ocupada y no pensar en la mierda que era tu vida. Y debes haber tenido un gen mutante en tu ADN, porque toda esa levantadera de pesas te había convertido en un fenómeno de circo. La mayoría de las veces no te molestaba cuando las muchachas y, algunas veces, los muchachos te manoseaban. Pero cuando miss Lora lo hizo te diste cuenta que la vaina era diferente.

Miss Lora te tocó y de repente la miraste y te diste cuenta de lo enormes que eran sus ojos en esa cara tan flaca, lo largas que eran sus pestañas, y cómo el iris de un ojo tenía un chin más bronce que el otro.

4

Por supuesto que la conocías; era tu vecina, era maestra en Sayreville High School. Pero había sido solo en los últimos meses que te habías fijado en ella. Había muchas mujeres de mediana edad en el barrio, naufragadas por toda clase de catástrofes, pero ella era una de las pocas que no tenía hijos, que vivía sola y que todavía se veía joven. Algo le debe haber pasado, especulaba tu mamá. Según ella, una mujer sin hijos solo se podía explicar por una gran e ilimitada calamidad.

Quizá no le gustan los niños.

A nadie le gustan los niños, te aseguró tu mamá. Eso no quiere decir que no los tengas.

Miss Lora no era nada del otro mundo. En el barrio había como mil viejas que estaban más buenas que ella, como Mrs. Del Orbe, con quien tu hermano singaba a cada rato hasta que el marido se enteró y mudó a la familia entera. Miss Lora era demasiado flaca. No tenía nada de caderas. Ni tetas tampoco, ni culo, ni siquiera el pelo llamaba la atención. Tenía los ojos lindos, sí, pero lo que le daba fama en el barrio eran los músculos. No los tenía grandes como tú, la jeva era enjuta y nervuda como un alambre, cada fibra sobresalía con estrafalaria definición. En comparación, Iggy Pop parecía un gordito, y todos los veranos ella causaba sensación en la piscina. A pesar de que no tenía curva alguna, siempre se ponía un bikini: el top estirado por encima de los pectorales como cables y el trasero sosteniendo un abanico de músculos ondulantes. Siempre nadaba por debajo del agua, y las olas de su pelo negro parecían una mancha de anguilas eléctricas que la perseguían. Siempre se bronceaba (a lo que no se atrevían ninguna de las otras mujeres) hasta que tenía el color a nuez acharolado de un zapato viejo. Las mamás se quejaban: Esa mujer necesita taparse. Es como una funda plástica llena de gusanos. Pero ¿quién le podía quitar los ojos de encima? Ni tú ni tu hermano. Los carajitos le preguntaban: Miss Lora, ¿usted es culturista? Y ella sacudía la cabeza desde detrás de un libro. Lo siento, nací así.

Ella vino de visita a tu casa un par de veces después que murió tu hermano. Tu mamá y ella tenían un lugar en común, La Vega, donde miss Lora había nacido y tu mamá se había recuperado después de la Guerra Civil. Vivir un año entero detrás de la Casa Amarilla había convertido a tu mamá en vegana. Todavía oigo el río Camú en mis sueños, decía tu mamá. Miss Lora asentía. Una vez, cuando era muy joven, vi a Juan Bosch en nuestra calle. Cuando se sentaban a hablar sobre esta vaina, era una conversación sin fin. De vez en cuando ella te saludaba en el parqueo. ¿Qué tal te va? ¿Y tu mamá? Nunca sabías qué decir. Tu lengua siempre estaba hinchada, cruda, después de haberse demolido en tus sueños.

5

Hoy, al regresar de correr, te la encuentras en la escalera de la entrada hablando con la doña. Tu mamá te llama la atención. Saluda a la profesora.

Estoy sudado, protestas.

Tu mamá se encojona. ¿A quién carajo crees que le estás hablando? Saluda, coño, a la profesora.

Hola, profesora.

Hola, estudiante.

Se ríe y regresa a la conversación con tu mamá.

No entiendes por qué sientes tanta rabia de repente.

Te podría levantar, le dices, y flexionas el brazo.

Miss Lora te mira con una amplia y ridícula sonrisa. ¿De qué estás hablando? Yo soy la que te puede levantar a ti.

Te pone las manos en la cintura y se hace la que se está esforzando.

Tu mamá apenas se ríe. Pero sientes cómo los mira a los dos.

6

Cuando tu mamá enfrentó a tu hermano con el asunto de Mrs. Del Orbe, él no lo negó. ¿Qué tú quiere, ma? Se me metió por los ojos. No me vengas con esa vaina de que se te metió por los ojos. Tú te metiste por su culo. Verdá, dijo tu hermano alegremente. Y por su boca. Y entonces tu mamá le dio un puñetazo, temblando de vergüenza y furia, lo que solo le causó más risa.

7

Es la primera vez que una hembra te desea. Así que tienes que pensarlo. Dejar que dé vueltas un rato por tu mente. Qué locura, te dices a ti mismo. Y después, sin pensarlo, se lo repites a Paloma. Pero ella no te presta atención. La verdad que no sabes qué hacer con esta información. No eres tu hermano, que hubiera salido corriendo inmediatamente a meterle el rabo a miss Lora. Y aunque ahora lo sabes, tienes miedo de estar equivocado. Tienes miedo de que se burle de ti.

Así que tratas de sacártela de tu mente, a ella y a la memoria de ella en bikini. Calculas que antes que tengas oportunidad de hacer algo explotará alguna bomba. Cuando las bombas se niegan a caer, se lo comentas a

Paloma con cierta desesperación, que la profesora está detrás de ti. Suena muy convincente esa mentirita.

¿Esa fokin vieja bruja? Qué cochinada.

Me lo dices a mí, le contestas con tono triste.

Eso sería como singar con un palo, dice.

Así mismo, le aseguras.

Que no se te ocurra singártela, Paloma te advierte después de una pausa.

Pero ¿de qué estás hablando?

Te lo estoy advirtiendo. No te la singues. Tú sabes que me voy a enterar. Tú no sabes decir mentiras.

No seas loca, le dices, con una mirada penetrante. Obviamente, no me estoy singando a nadie.

Esa noche Paloma te permite tocar su clítoris con la punta de la lengua, pero eso es todo. Ella se aguanta como si su vida entera estuviera en juego, y tú te rindes, desmoralizado.

Le escribes al pana en Panamá: Sabía a cerveza.

Agregas una carrera más a tu régimen de ejercicios, con la esperanza de que te vaya a calmar un poco las ganas, pero no funciona. Tienes un par de sueños en los que estás a punto de tocarla cuando explota una bomba que destruye Nueva York por completo y tú te quedas hipnotizado por la onda sísmica hasta que te despiertas, la lengua engrapada entre los dientes.

Vienes de regreso de Chicken Holiday con cuatro pedazos de pollo, un muslo en la boca, y ahí la ves saliendo del Pathmark en plena lucha con un par de fundas plásticas. Contemplas largarte pero tu hermano tiene una regla que te paraliza: Nunca corras. Es una regla que él en última instancia descartó pero a la que tú eres fiel en este preciso momento. Mansamente, le preguntas: Miss Lora, ¿necesita ayuda?

Sacude la cabeza. Es mi único ejercicio del día. Siguen juntos en silencio hasta que ella dice: ¿Cuándo vas a venir a ponerme esa película?

¿Cuál película?

La que dijiste que era la buena. La película sobre la guerra nuclear.

Quizá si fueras otra persona tuvieras la disciplina para evadir toda esta vaina, pero eres el hijo de tu padre y el hermano de tu hermano. Dos días después estás en tu casa y el silencio es terrible; el televisor parece que está transmitiendo eternamente el mismo anuncio para arreglar la tapicería de los carros. Te duchas, te afeitas, te vistes.

Hasta luego.

Tu mamá les tira un vistazo a tus zapatos de salir.

¿Adónde vas?

Por ahí.

Ya son las diez, dice. Pero sales por la puerta como un cohete.

Llamas una, dos veces, y ella abre la puerta. Tiene puesto un pantalón de sudadera y una camiseta de Howard University y la frente se le tensa de preocupación. Sus ojos parecen salir de la cara de una gigante.

No te molestas ni con un hola qué tal. Te tiras y la besas. Ella extiende el brazo por detrás de ti y cierra la puerta.

¿Tendrás un condón?

Te preocupas tanto así.

No, te dice, y tratas de controlarte y aun así te vienes dentro de ella.

I'm really sorry, dices.

Está bien, susurra; mantiene las manos en tu espalda y no te deja sacarlo. No te salgas.

Su apartamento es lo más limpio y arreglado que has visto, y dada la carencia de locura caribeña se podría pensar que ahí vive un blanco. Las paredes están llenas de fotografías de sus viajes y de sus hermanos y todos aparentan ser felices y formales. ¿Así que tú eres la rebelde?, le preguntas, y se ríe. Algo así.

También hay fotos de varios tipos. Reconoces algunos de cuando eras más joven, pero no dices nada. Ella se mantiene callada, muy reservada mientras te hace un cheeseburger. De hecho, no puedo soportar a mi familia, dice mientras aplasta la carne con una espátula hasta que la grasa empieza a chispotear.

Te preguntas si ella siente lo que tú sientes. Algo así como el amor. Le pones *Catástrofe nuclear*. Prepárate, le dices.

Prepárate tú para que yo me esconda, te responde, pero al pasar la hora ella se estira hacia ti, te quita los lentes y te besa. Esta vez todavía no has perdido la claridad y buscas la fuerza para resistirla.

No puedo, le dices.

Y antes de meterse tu rabo en la boca, dice: ¿De verdad?

Piensas en Paloma, tan cansada cada mañana que se queda dormida rumbo a la escuela. Paloma, que a pesar de todo encontró las fuerzas para ayudarte a estudiar para el examen SAT. Paloma, que se negaba a darte el culo porque tenía terror de que si salía embarazada no lo abortaría porque te quería y entonces su vida se arruinaría. Estás tratando de pensar en ella pero lo que estás haciendo es agarrando los mechones de pelo de miss Lora como si fueran riendas e instándola para que siga moviendo la cabeza con ese ritmo tan maravilloso.

La verdad es que usted tiene un excelente cuerpo, le dices después que te vienes. Ah, pues, gracias. Hace un gesto con la cabeza. ¿Mejor nos vamos para el cuarto? Aún más fotos. Pero estás seguro de que ninguna sobrevivirá al desmadre nuclear. No quedará nada de este cuarto cuya ventana abre a una vista de Nueva York. Se lo dices. Bueno, entonces tendremos que arreglárnosla por el momento, dice. Se desnuda como una experta y, cuando empiezas, cierra los ojos y deja caer la cabeza como si colgara de una bisagra rota. Te da tremendo apretón en los hombros y te entierra las uñas de tal manera que sabes que te dejará la espalda como si te hubieran azotado.

Y entonces te besa la barbilla.

9

Tu papá y tu hermano, los dos eran tremendos sucios. Coño, si tu papá te llevaba con él cuando iba a sus pegaderas de cuernos, te dejaba en el carro mientras se lo metía a sus novias. Y tu hermano era igual, singándose a cuanta muchacha pudiera en la cama al lado de la tuya. Sucísimos, y ahora es oficial: tú eres igual. Habías tenido esperanza de que el gen te había pasado por alto, saltado una generación, pero es obvio que te estabas engañando a ti mismo. La sangre siempre te traiciona, le comentas a Paloma al día siguiente rumbo a la escuela.

Yunior, dice medio dormida, no tengo tiempo para tus locuras, ¿OK?

10

Tratas de convencerte de que solo será una vez. Pero al día siguiente regresas. Te sientas con tremenda melancolía en la cocina mientras ella te prepara otro cheeseburger.

Are you going to be OK?, te pregunta.

No sé.

Esto es solo para divertirnos.

Tengo novia.

Me lo dijiste, ¿te acuerdas?

Te pone el plato en las piernas y te echa una mirada crítica. Sabes, te pareces a tu hermano. Estoy segura de que la gente siempre te lo comenta.

Alguna gente.

Nunca pude creer lo buen mozo que era. Y él lo sabía. Parecía que no sabía lo que era una camisa.

Esta vez ni te molestas en preguntar por un condón. Te vienes adentro de ella. Te sorprende lo encabronado que estás. Pero ella te besa la cara una y otra vez y eso te conmueve. Nadie nunca te ha hecho eso. Las otras muchachas con quienes te has acostado siempre estaban avergonzadas después. Y siempre había algún tipo de pánico. Alguien había oído algo. Había que arreglar la cama. Abrir las ventanas. Pero aquí no hay nada de eso.

Después, se levanta, su pecho tan sencillo como el tuyo. ¿Qué más quieres de comer?

Tratas de ser sensato. Tratas de controlarte, de estarte tranquilo. Pero estás en su apartamento todos los fokin días. La vez que tratas de faltar, te retractas y terminas fugándote de tu apartamento a las tres de la mañana y tocándole a la puerta sigilosamente hasta que ella te deja entrar. Tú sabes que tengo que trabajar, ¿verdad? Sí, contestas, pero soñé que algo te había pasado. Qué lindo que me mientas así, ella suspira, y aunque se está quedando dormida deja que se lo metas directamente por el culo. Absolutamente fokin increíble, dices durante los cuatro segundos que te toma venirte. Tienes que halarme el pelo mientras lo haces, te confía. Eso me hace venir como una loca.

Esto debería ser la gran maravilla, así que ¿por qué es que tus sueños han empeorado? ¿Por qué hay más sangre en el lavamanos por las mañanas?

Empiezas a conocer su vida. Se crió con un papá dominicano que era médico y estaba loco. Su mamá los abandonó por un camarero italiano, se fue a vivir a Roma, y eso acabó con su papá. Se pasaba la vida amenazando con suicidarse y, por lo menos una vez al día, ella tenía que rogarle que no lo hiciera, y eso la afectó fuertemente. Cuando era joven, había sido gimnasta y hasta se habló de ir a las Olimpiadas, pero entonces el coach se robó todo el dinero y Santo Domingo se quedó sin equipo ese año. No te digo que hubiera ganado, te dice. Pero pudiera haber hecho algo. Después de esa vaina ella creció treinta centímetros y ahí terminó su carrera como gimnasta. Al poco tiempo su papá consiguió trabajo en Ann Arbor, y ella y sus tres hermanitos lo siguieron. A los seis meses, los mudó con una viuda gorda, una blanca asquerosa que no podía soportar a Lora. No tenía amigos en la escuela y en el noveno grado se acostó con su maestro de historia. Terminó viviendo en su casa. Su ex mujer también era maestra en esa misma escuela. Te puedes imaginar cómo tiene que haber sido eso. En cuanto se graduó, se enredó con un negrito calladito y se fue a vivir con él a una base militar en Ramstein, Alemania, pero eso no funcionó. Hasta el día de hoy creo que era gay, dice. Después de unos años tratando de sobrevivir en Berlín, regresó a casa. Se mudó con una amiga que tenía un apartamento en London Terrace, tuvo algunos novios, incluyendo a un amigo de su ex de la Fuerza Aérea que la visitaba cuando tenía días libres, un moreno con una dulce disposición. Cuando la amiga se casó y se mudó, miss Lora se quedó con el apartamento y se hizo maestra. Tomó la decisión de no mudarse tanto. No era una mala vida, te dice mientras te enseña fotografías. En fin.

Ella siempre está tratando de que hables de tu hermano. Verás que te ayuda, te dice.

No hay nada que decir. Le dio cáncer, se murió.

Bueno, es una manera de empezar.

Te trae panfletos de su trabajo de diferentes universidades. Cuando te los da ya ha llenado la mitad de los formularios. Tienes que salir de aquí.

¿Adónde?, le preguntas.

A donde sea. Vete pa Alaska, a mí qué me importa.

Ella duerme con un protector bucal. Y se cubre los ojos con una máscara.

Si te tienes que ir, espera a que me quede dormida, ¿OK? Pero después de unas semanas, te está diciendo: Por favor, no te vayas. Y finalmente: Quédate.

Y así lo haces. Al amanecer te escabulles de su apartamento y te cuelas en el tuyo por la ventana del sótano. Tu mamá no tiene ni la más puta idea. En los viejos tiempos, lo sabía todo. Tenía tremendo radar campesino. Pero ahora no está en nada. Su dolor, y cuidar ese dolor, consume todo su tiempo.

Te estás cagando de miedo por lo que estás haciendo, pero a la vez te excita y te hace sentir menos solo en el mundo. Tienes dieciséis años y tienes el presentimiento de que ahora que la locomotora de sexo ha arrancado no hay fuerza en la tierra que la pueda frenar.

Pero de buenas a primeras tu abuelo en Santo Domingo se enferma y tu mamá tiene que regresar. Todo saldrá bien, dice la Doña. Miss Lora dice que te va a cuidar.

Ma, yo puedo cocinar.

No, no puedes. Y no traigas aquí a esa niña puertorriqueña. ¿Me entiendes?

Asientes. En vez de la niña puertorriqueña traes al mujerón dominicano.

Ella chilla de deleite al ver los sofás forrados en plástico y las cucharas de madera colgadas de la pared. La verdad es que te da un poquitico de pena por tu mamá.

Por supuesto que terminas en el sótano. Donde las cosas de tu hermano están por todos lados. Ella va directamente a por sus guantes de boxeo.

Por favor, deja eso.

Se los empuja contra la cara, los huele.

No hay manera de que te relajes. Estás convencido de que puedes oír a tu mamá o a Paloma en la puerta. Esto causa que pares cada cinco minutos. Despertar con ella en tu cama te inquieta. Hace café, revoltillo de huevos, y en vez de escuchar Radio WADO pone *The*

Morning Zoo y todo le hace gracia. Es tan raro. Cuando Paloma te llama para ver si vas a la escuela, miss Lora anda por tu casa en camiseta y se le ven sus nalgas flacas.

12

Durante tu último año en la secundaria, ella se consigue un trabajo en tu escuela. Por supuesto. Todo te parece tan extraño. La ves en el pasillo y se te sale el corazón. ¿Esa es tu vecina?, te pregunta Paloma. Por Dios, mira cómo te está fokin mirando. La puta vieja. En la escuela, son las latinas las que la joden. Se burlan de su acento, de su ropa, de su cuerpo. (Le dicen miss Plana.) Ella nunca se queja —Es un trabajo buenísimo, te dice— pero eres testigo de esas tonterías. Son solo las latinas las que joden. Las blanquitas la quieren con cojones. Ella se encarga del equipo de gimnasia. Las lleva a ver programas de danza para inspirarlas. Y en un dos por tres, empiezan a ganar. Un día, hangueando en las afueras de la escuela, las muchachas del equipo le ruegan y le insisten y ella hace una voltereta que te deja bobo por su perfección. Es lo más bello que has visto en tu vida. Por supuesto, Mr. Everson, el maestro de ciencias, se enamora de ella por completo. Él siempre se está enamorando de alguien. Hubo un tiempo en que era Paloma, hasta que ella amenazó con reportarlo. Ahora los ves riéndose en el pasillo, almorzando juntos en la sala de los maestros.

Paloma no para de joder. Dicen que a Mr. Everson le gusta ponerse vestidos de mujer. ¿Tú crees que ella se pone un consolador de correa para él?

Ustedes están locas.

Lo más probable es que sí.

Todo esto te pone muy tenso. Pero a la vez hace que el sexo sea mucho mejor.

Algunas veces ves el carro de Mr. Everson afuera de su apartamento. Parece que Mr. Everson está de visita, te dice uno de tus panas, y se ríe. De repente te sientes débil de rabia. Consideras joderle el carro. Consideras tocarle a la puerta. Consideras mil cosas. Pero te quedas en casa levantando pesas hasta que se va. Cuando ella abre la puerta, entras hecho una furia sin decir una sola palabra. La casa apesta a cigarrillo.

Tú hiedes a chinchilín, le dices. Vas al cuarto pero ves que la cama está hecha.

Ay, pobrecito, se ríe. No seas celoso.

Pero por supuesto que lo estás.

13

Te gradúas en junio y ella está presente, aplaudiendo al lado de tu mamá. Tiene puesto un vestido rojo porque una vez le dijiste que era tu color favorito, y debajo lleva pantis del mismo color. Después los lleva a los dos a comer a un restaurante mexicano en Perth Amboy. Paloma no puede ir porque su mamá está enferma. Pero te encuentras con ella más tarde, esa misma noche, en la puerta de su apartamento.

Lo logré, dice Paloma, encantada de la vida.

Estoy muy orgulloso de ti, dices. Y entonces, aunque no es característico de ti, añades: Eres una muchacha extraordinaria.

Durante ese verano tú y Paloma solamente se ven dos veces. No hay más besos. Mentalmente, ya se fue. En agosto se muda para asistir a la Universidad de Delaware. A la semana recibes una carta que empieza con las palabras «Pasando página». No te sorprende en absoluto y ni terminas de leerla. Consideras manejar hasta Delaware para hablar con ella pero te das cuenta de lo inútil que sería. Como es de esperarse, ella jamás regresa.

Te quedas en el barrio. Consigues trabajo en Raritan River Steel. Al principio los lugareños de Pennsylvania te dan lucha, pero con el tiempo encuentras tu camino y te dejan tranquilo. Por la noche te vas a los bares con alguno de los otros idiotas que se quedaron atrapados en el barrio, te das tremenda juma y le tocas la puerta a miss Lora con el güebo en la mano. Ella todavía está tratando de convencerte de que vayas a la universidad. Hasta ofrece pagar los gastos de las solicitudes pero no estás en nada de eso y se lo dices: Ahora no. Ella está tomando clases nocturnas en Montclair. Está pensando inscribirse en un programa de doctorado. Entonces tendrás que dirigirte a mí como doctora.

De vez en cuando se encuentran en Perth Amboy, donde nadie conoce a ninguno de los dos. Salen a cenar como gente normal. Es obvio que eres demasiado joven para ella y te mata cada vez que te toca en público, pero ¿qué le vas a hacer? Ella siempre está contenta de verte. Tú sabes que esto no puede durar, y se lo dices, y ella asiente: Solo quiero lo mejor para ti. Tú haces un gran esfuerzo para conocer a otras muchachas, te dices a ti mismo que necesitas a alguien que te ayude con la transición, pero jamás encuentras a alguien que te guste.

Algunas veces, cuando dejas su apartamento, caminas hasta el vertedero donde tú y tu hermano jugaban de niños y te sientas en un columpio. Es el mismo lugar donde Mr. Del Orbe amenazó con meterle un tiro a tu hermano en los granos. Hazlo, dijo Rafa, y entonces mi hermano te pegará un tiro en el culo. A tus espaldas Nueva York zumba en la distancia. El mundo, te dices a ti mismo, jamás se va a acabar.

14

Te toma un largo tiempo recuperarte. Acostumbrarte a una vida sin secretos. Aun después que ya es parte de tu pasado y la has bloqueado por completo, todavía tienes miedo de que vas a recaer. En Rutgers, donde por fin aterrizaste, llevas una vida social de loco, y cuando vas de un fracaso a otro te convences de que tienes problemas con muchachas de tu misma edad por culpa de ella.

Por supuesto que jamás hablas del tema con nadie. Hasta tu último año, cuando conoces al mujerón de tus sueños, la que deja a su novio moreno para estar contigo, y la que espanta a todos los pollitos de tu gallinero. Ella es en quien por fin confías. Ella es a quien se lo cuentas todo.

Deben arrestar a ese cuero loco.

No fue así.

La deben arrestar hoy mismo.

Te hace bien decírselo a alguien. Tu gran miedo había sido que ella te odiara, que todas ellas te odiaran.

Cómo te voy a odiar. Tú eres mi hombre, dice con orgullo.

Cuando van de visita a tu casa, ella se lo comenta a tu mamá. Doña, ¿es verdá que tu hijo taba rapando una vieja?

Tu mamá sacude la cabeza, indignada. Es igualito que su papá y su hermano.

Los hombres dominicanos, ¿verdá, Doña?

Estos tres son los peores.

Después te pide pasar por casa de miss Lora. Hay una luz prendida.

Voy a ir a decirle tres cosas, te dice el mujerón.

Porfa, no.

Aquí voy.

Toca fuerte a la puerta.

Negra, no.

Le grita: ¡Abre la puerta!

Pero nadie contesta.

Después de ese incidente no le hablas por unas semanas. Es una de tus separaciones más serias. Al final los dos se encuentran en un concierto de A Tribe Called Quest y ella te ve bailando con otra jeva y te saluda y es todo lo que necesitas. Vas a donde está sentada con todo su grupito malvado. Se ha afeitado la cabeza al rape de nuevo.

Negra, dices.

Te arrastra a una esquina. Discúlpame por portarme así. Solo quería protegerte.

Sacudes la cabeza. Ella vuelve a tus brazos.

15

Graduación: y cuando la ves no te sorprende. Lo que sí te sorprende es que no lo anticiparas. El segundo justo antes que tú y el mujerón entren en la procesión, la ves vestida de rojo, sola. Ha empezado a aumentar de peso; se la ve bien. Después la ves caminando sola por el césped de Old Queens con un birrete en la mano. Tu mamá tiene uno también. Después, lo colgará en la pared.

Sucede que a final de cuentas se muda de London Terrace. Los precios han subido. Se está llenando de banglas y paquistanís. En unos años, tu mamá también se mudará, a Bergenline.

Después, cuando tú y el mujerón ya no están juntos, escribirás su nombre en la línea de búsqueda en la computadora, pero no aparecerá ni una sola pista. En un viaje a la República Dominicana vas hasta La Vega y preguntas por ella. Enseñas una foto como si fueras un detective. En ella se ven los dos, la única vez que fueron a la playa en Sandy Hook. Los dos sonríen. Y en ese justo momento, los dos pestañean.

GUÍA DE AMOR PARA INFIELES

Tu novia descubre que le estás pegando cuernos. (De hecho, ella es tu prometida, pero en cuestión de segundos eso no va a importar para nada.) Se podía haber enterado de una, se podía haber enterado de dos, pero como eres un cuero loco que jamás vació la latica de basura del correo electrónico, ¡se enteró de cincuenta! Sí, claro, cincuenta en un período de seis años, pero vamos, hombre… ¡cincuenta fokin jevas! Por el amor de Dios. Quizá si hubieras estado comprometido con una blanquita de mente superabierta, podrías haber sobrevivido. Pero tú no estás comprometido con una blanquita de mente superabierta. Tu novia es una cabrona salcedeña que no cree en nada; de hecho, la única advertencia que te hizo, lo que siempre te juró que jamás te perdonaría, fue serle infiel. Lo haces y te entro a machetazos, te prometió. Y, por supuesto, juraste que jamás lo harías. Lo juraste. Juraste que jamás.

Y entonces lo hiciste.

Ella se quedará por unos meses más por la simple razón de que han estado juntos por mucho tiempo. Porque han pasado por tantas cosas juntos: la muerte de su papá, el rollo con lo de tu cátedra permanente en la universidad, su examen para la reválida de derecho (aprobado al tercer intento). Y porque no es tan fácil deshacerse del amor, del verdadero amor. Durante un atormentado período de seis meses, viajarás a Santo Domingo, a México (para el entierro de una amiga) y a Nueva Zelanda. Pasearán juntos por la playa donde filmaron *El piano*, algo que ella siempre quiso hacer, y ahora, arrepentido y desesperado, le regalas el viaje. Está sumamente triste y camina sola por la playa, atravesando la arena brillante, sus pies descalzos en el agua helada, y cuando tratas de abrazarla te dice: No. Mira fijamente las piedras que se proyectan en el agua mientras el viento le tira el pelo hacia atrás. De camino al hotel, cruzando las desoladas y empinadas cuestas, recogen a un par de transeúntes que pedían bola, una pareja absurdamente mestiza, y tan enamorados que por poco los sacas del carro. Ella no dice nada. Después, en el hotel, llora.

Tratas todo truco habido y por haber para que se quede contigo. Le escribes cartas. La llevas al trabajo. Le citas a Neruda. Escribes un correo electrónico en masa en el que repudias todas las sucias con las que estuviste. Bloqueas los correos electrónicos de todas ellas. Cambias tu número telefónico. Dejas de tomar. Dejas de fumar. Te declaras adicto al sexo y comienzas a ir a mítines. Le echas la culpa a tu papá. Le echas la culpa a tu mamá. Le echas la culpa al patriarcado. Le echas la culpa a Santo Domingo. Te buscas un terapista. Cancelas tu Facebook. Le das las contraseñas de todas tus cuentas de correo electrónico. Comienzas a tomar clases de salsa como siempre habías prometido para que puedan bailar juntos. Alegas que estabas enfermo, le aseguras que fueron momentos de debilidad —¡Fue culpa del libro! ¡Fue la presión!—, y a cada hora, como un reloj, le dices lo arrepentido que estás. Haces de todo, pero un día ella simplemente se levanta de la cama y dice: Basta y: Ya, y entonces te tienes que mudar del apartamento en Harlem que han compartido. Contemplas negarte. Consideras declararte en huelga, una ocupación. De hecho, le dices que no te vas. Pero al final te vas.

Por un tiempo, rondas la ciudad como un mediocre pelotero de triple A que sueña con que lo llamen para las grandes ligas. La llamas por teléfono todos los días y dejas mensajes que ella jamás contesta. Le escribes largas cartas cariñosas, pero ella las devuelve sin abrir. Te apareces en su apartamento a horas inoportunas y en su trabajo en downtown, hasta que por fin su hermanita te llama, la que siempre estuvo de tu parte, y te habla directo: si tratas de contactar a su hermana una vez más, te va a poner una orden de restricción.

A ciertos tígueres eso no les importaría.

Pero tú no eres como esos tígueres.

Paras. Regresas a Boston. Jamás la vuelves a ver.

AÑO UNO

Al principio, pretendes que no te importa. Además, tú también habías estado acumulando un montón de quejas contra ella. ¡Claro que sí! Ella no te lo mamaba bien, no te gustaba el vello de sus cachetes, jamás se depilaba el toto, y nunca limpiaba el apartamento, etcétera. Por unas semanas, casi te lo crees. Por supuesto que vuelves a empezar a fumar, a tomar, dejas el terapista y los mítines de adictos sexuales, y te la pasas pachangueando con cueros como en los viejos tiempos, como si nada hubiera pasado.

I'm back, les dices a tus panas.

Elvis se ríe. Es casi como si jamás te hubieras ido.

Estás bien como por una semana. Entonces tu estado de ánimo se vuelve errático. Un minuto tienes que contenerte para no coger el carro e irte a verla, y el próximo estás llamando a una sucia cualquiera y diciéndole: Tú eres la que siempre quise. Pierdes la paciencia con tus panas, con tus estudiantes, con tus colegas. Y cada vez que oyes a Monchy y Alexandra, sus favoritos, lloras.

Y ahora, Boston, donde jamás quisiste vivir, donde te sientes como un exiliado, se ha convertido en un problema serio. No acabas de ajustarte a vivir allí a tiempo completo; no te acostumbras a que los trenes dejen de andar a la medianoche, a la melancolía de sus habitantes, a la ausencia total de la comida sichuan. Casi inmediatamente empiezan a pasar una pila de vainas racistas. Quizá siempre fue así, o quizá lo ves más claro después de todo el tiempo que estuviste en Nueva York. Gente blanca frena al llegar al semáforo y te grita con una furia horrorosa, como si le hubieras atropellado a la madre. Te da tremendo fokin miedo. Y antes que te des cuenta de lo que está pasando, te sacan el dedo y salen corriendo. Ocurre una y otra vez. En las tiendas te vigilan los guardias de seguridad y cada vez que pones pie en Harvard alguien te pide que muestres identificación. En tres ocasiones, unos blancos borrachos tratan de fajarse a trompadas contigo en tres diferentes barrios de la ciudad.

Lo tomas todo muy a pecho. Espero que alguien deje caer una fokin bomba sobre esta ciudad, vociferas. Esta es la razón por la cual nadie de color quiere vivir aquí. La razón por la cual todos mis estudiantes negros y latinos se van en cuanto pueden.

Elvis no dice nada. Nació y se crió en Jamaica Plain, y sabe que tratar de defender a Boston es como tratar de bloquear una bala con una rebanada de pan. ¿Estás bien?, te pregunta finalmente.

Chévere, dices. Mejor que nunca.

Pero no es así. Perdiste todos los amigos mutuos que tenían en Nueva York (te abandonaron por ella), tu mamá no te habla después de lo que pasó (tu novia le cae mejor que tú), y te sientes terriblemente culpable y terriblemente solo. Le sigues escribiendo cartas, con la esperanza de que algún día se las puedas entregar. Y sigues singando todo lo que te cruza el frente. Te pasas el día de Acción de Gracias solo porque no puedes darle la cara a tu mamá y te encabrona la idea de que otra gente sienta lástima de ti. La ex —así es como te refieres a ella ahora— siempre cocinaba: un pavo, un pollo, un pernil. Te guardaba las alas. Esa noche te emborrachas a tal extremo que necesitas dos días para recuperarte.

Crees que por fin has tocado fondo. Pero te equivocas. Durante la semana de exámenes finales te arrolla una depresión tan profunda que estás convencido de que debe tener su propio nombre. Te sientes como si te estuvieran deshaciendo con tenazas, átomo por átomo.

Dejas de ir al gimnasio y de salir a tomar tragos; dejas de afeitarte y de lavar la ropa; de hecho, dejas de hacer casi todo. Tus panas comienzan a preocuparse por ti, y ellos no son el tipo de gente que se preocupa. Estoy bien, les dices, pero con cada semana que pasa, tu depresión empeora. Tratas de describirla. Es como si alguien hubiera estrellado un avión en tu alma. Es como si alguien hubiera estrellado dos aviones en tu alma. Elvis viene y hace el shivá contigo en el apartamento; te da una palmadita en el hombro y te dice que lo cojas suave. Hace cuatro años, en una carretera a las afueras de Bagdad, a Elvis le explotaron un Humvee. La carrocería en llamas le cayó encima, atrapándolo por lo que le pareció había sido una semana, así que él sabe algo sobre el dolor. Tiene tantas cicatrices por la espalda y las nalgas y el brazo derecho, que ni siquiera tú, el duro, lo puedes mirar. Respira, te dice. Y tú respiras sin parar, como si fueras un corredor de maratones, pero nada te ayuda. Las cartas que escribes se van volviendo más y más patéticas. Porfa, escribes. Por favor, regresa. Sueñas que ella te habla como en los viejos tiempos, con ese español dulce del Cibao, sin ningún rasgo de rabia o desilusión. Entonces te despiertas.

No puedes dormir y hay noches, cuando estás borracho y solo, que te da un impulso loco y quieres abrir la ventana de tu apartamento en el quinto piso y dar un salto. Si no fuera por un par de cosas ya lo hubieras hecho. Pero: *a)* no eres el tipo de persona que se suicida; *b)* tu pana Elvis te tiene vigilado; está de visita todo el tiempo y se para al lado de la ventana como si supiera lo que estás pensando, y *c)* tienes esta absurda esperanza de que algún día ella te perdonará.

Pero jamás lo hace.

AÑO DOS

Apenas sobrevives los dos semestres. Ha sido un largo tramo de mierda y por fin la locura empieza a disiparse. Es como despertarse de la peor fiebre de tu vida. No eres el mismo de antes (¡ja, ja!), pero ya te puedes parar cerca de las ventanas sin sentir impulsos raros y eso es un paso adelante. Desafortunadamente has engordado veinte kilos. No sabes cómo ocurrió, pero ocurrió. Solo te sirven un par de jeans y ni uno de tus trajes. Guardas todas las viejas fotografías de ella, les dices adiós a sus facciones de mujer maravilla. Vas al barbero, te afeitas la cabeza al rape por primera vez en mil años y te cortas la barba.

¿Ya?, te pregunta Elvis.

Ya.

Una abuela blanca te forma un escándalo en un semáforo y tú simplemente cierras los ojos hasta que termina y se va.

Búscate otra jeva, te aconseja Elvis. Tiene a su hija en los brazos. Un clavo saca otro clavo.

Nada saca nada, le contestas. Nunca habrá otra como ella.

OK. Pero búscate otra jeva de todos modos.

La niña nació en febrero. Si hubiera sido varón, Elvis le hubiera dado el nombre Irak, según su esposa.

Estoy seguro de que estaba bromeando.

Ella mira hacia donde él trabaja en su camioneta. No lo creo.

Deja a su hija en tus brazos. Búscate una buena muchacha, dominicana, te dice.

Sostienes a la bebé con timidez. Tu ex jamás quiso hijos pero hacia el final hizo que te hicieras una prueba de esperma, en caso de que cambiara de opinión al último minuto. Le haces trompetilla en la barriga a la bebé. ¿Existe semejante prueba?

Te la hiciste, ¿no?

Cómo no.

Decides rectificar tu comportamiento. Paras toda actividad con todas las sucias de siempre, incluyendo la iraní con quien te acostaste todo el tiempo que estuviste con tu prometida. Quieres dar un giro positivo. Requiere esfuerzo –al fin y al cabo, los lazos con las sucias de siempre son el hábito más difícil de romper–, pero por fin logras alejarte y te sientes mucho más ligero. Lo debí haber hecho hace años, declaras, y tu amiga Arlenny, que jamás se metió contigo (Gracias a Dios, murmura), voltea los ojos. Esperas, dizque, una semana para que se desvanezca la mala energía y entonces empiezas a salir de nuevo. Como una persona normal, le dices a Elvis. Sin mentiras. Elvis no dice nada, solo sonríe.

Al principio está bien: recoges números telefónicos, pero no hay nadie a quien llevarías a conocer a la familia. Y después de un período inicial de abundancia, viene la sequía. Y no es solo una sequía, es fokin Arrakeen. Estás de pesca todo el tiempo, pero nadie ni siquiera se da cuenta de tu carnada. Ni las jevas que juran que les encantan los latinos, y hay una que cuando le dices que eres dominicano, te dice a la cara: Pal carajo y sale como un cohete por la puerta. Dices: ¿En serio? Empiezas a preguntarte si llevas una marca secreta en la frente. Cómo es que estas cabronas ya te conocen.

Ten paciencia, te urge Elvis. Está trabajando para un propietario del gueto y empieza a llevarte de acompañante cuando va a cobrar. Resulta que eres un refuerzo fenomenal. Con solo mirar y verte esa cara funesta, inmediatamente pagan todo lo que deben.

Pasa un mes, dos meses, tres meses y entonces llega un rayito de esperanza. Se llama Noemí, dominicana de Baní –aparentemente todos los domos en Massachusetts son de Baní–, la conoces en Sofia's en los meses antes que cerrara, jodiendo a la comunidad latina entera de Nueva Inglaterra para siempre. Ella no es la mitad de la mujer que era tu ex pero tampoco es que sea nada. Es enfermera, y cuando Elvis se queja de su espalda hace una lista de todo lo que podría ser la causa. Es una muchachota y tiene una piel increíble, y lo mejor de todo es que no priva nada; de hecho, es buenísima gente. Le gusta sonreír y cuando está nerviosa dice: Cuéntame algo. Negativos: trabaja todo el tiempo y tiene un hijo de cuatro años llamado Justin. Me enseña las fotos; ese carajito tiene cara. de rapero. Lo tuvo con un banilejo que ya era padre de cuatro otros niños con cuatro otras mujeres. ¿Y cómo se te ocurrió que esto sería una buena idea?, le preguntas. Fue una estupidez por mi parte, admite. ¿Cómo lo conociste? Igual que te conocí a ti, dice. Pachangueando.

Normalmente, las cosas jamás tomarían vuelo con alguien como Noemí, pero ella no es solamente agradable, sino que también es fly. Es una de esas hot mamas y, por la primera vez en más de un año, estás entusiasmado. El simple hecho de estar al lado de ella mientras la mesera busca el menú te produce una erección.

El domingo es su único día libre; el papá de cinco hijos cuida a Justin ese día, o mejor dicho, él y su novia nueva cuidan a Justin ese día. Tú y Noemí han caído en una rutina: los sábados la invitas a comer. Ella no tiene espíritu aventurero ninguno con la comida, así que siempre van a un restaurante italiano, y entonces se queda la noche contigo.

Dulcísimo ese toto, ¿eh?, Elvis te pregunta después de la primera vez que se queda en tu casa.

Pero tú no tienes ni idea: ¡Noemí no te ha dejado probar nada! Tres sábados seguidos se queda contigo, y son tres sábados seguidos sin nada. Besitos, manoseo, pero nada más. Trae su propia almohada, una de esas caras, de espuma, y su propio cepillo de dientes, y se lo lleva todos los domingos por la mañana. Te besa en la puerta cuando se va, pero a ti todo te parece demasiado casto y poco prometedor.

¿No toto? Elvis está asombrado.

No toto, confirmas. ¿Y qué es esto? ¿Estamos en sexto grado o qué?

Sabes que debes tener paciencia. Sabes que te está haciendo pasar una prueba. Probablemente ha tenido malas experiencias con tipos que la atropellan y salen corriendo. Por ejemplo, el papá de Justin. Pero la verdad que lo que te jode es que se lo diera a un sinvergüenza sin empleo, sin educación, sin nada, pero te esté haciendo a ti saltar por aros de fuego como si estuvieran en un circo. De hecho, te enfurece.

¿Nos vamos a ver?, te pregunta a la cuarta semana, y tú por poco dices que sí pero la imbecilidad te vence.

Depende, dices.

¿De qué? Se pone tensa y eso te irrita aún más. ¿Dónde carajo estaba esa reserva cuando dejó que ese banilejo se lo metiera sin condón?

Depende de si piensas acostarte conmigo o no.

Oh, qué elegante. En cuanto se te escapan las palabras sabes que te enterraste.

Noemí guarda silencio. Y entonces dice: Déjame colgar este teléfono antes que te diga algo desagradable.

Es tu última oportunidad pero, en vez de pedir perdón, le ladras: Está bien.

En menos de una hora te ha borrado en Facebook. Le mandas un texto exploratorio pero jamás te contesta.

Años después, cuando la ves en Dudley Square, ella se hará la que no te conoce y tú decides no forzar el tema.

Efectivamente, qué elegante, dice Elvis. Bravo.

Están cuidando a su hija mientras juega en un parque cerca de Columbia Terrace. Trata de ser reconfortante. Ella tiene un hijo. Eso probablemente no es para ti.

No, probablemente no.

Estas pequeñas rupturas son terribles porque te hacen pensar de nuevo en la ex. Directo a la depresión. Esta vez, te pasas seis meses sumido en pena antes de regresar al mundo.

Después que te recuperas, le comentas a Elvis: Creo que necesito un breiquecito de estas cabronas.

¿Qué vas a hacer?

Me voy a enfocar en mí por un rato.

Eso es una buena idea, dice su esposa. Además, las cosas solamente pasan cuando no las buscas.

Eso es lo que dice todo el mundo. Más fácil decir eso que decir Esta vaina es una mierda.

Esta vaina es una mierda, dice Elvis. ¿Te ayudó en algo?

No lo creo.

Rumbo a la casa, un Jeep te pasa a toda velocidad; el chofer te grita que eres un fokin osama. Una de las ex sucias publica un poema acerca de ti en el internet. Se llama «El puto».

AÑO TRES

Tomas tu breiquecito. Te enfocas en tu trabajo, en tu escritura. Empiezas tres diferentes novelas: una sobre un pelotero, otra sobre un narco, y otra más sobre un bachatero… y las tres son una mierda. Tomas tus clases en serio y, para mejorar tu salud, empiezas a correr. Corrías cuando eras más joven y ahora te convences de que necesitas hacerlo para no volverte loco. Y aparentemente, de verdad que lo necesitabas, porque cuando le coges el swing estás corriendo cuatro cinco seis veces a la semana. Es tu nueva adicción. Corres por la mañana y corres tarde en la noche cuando no hay un alma por los paseos del río Charles. Corres tanto que te parece que te va a dar un ataque del corazón. Cuando llega el invierno, tienes miedo de dejarlo –el invierno en Boston es una especie de terrorismo–, pero necesitas mantenerte activo más que nada y no paras aunque los árboles no tengan una sola hoja y los senderos del bosque estén desiertos y la escarcha te llegue hasta los huesos. Pronto solo quedan tú y un par de locos. Por supuesto, tu cuerpo cambia. Pierdes toda la gordura que vino con la tomadera y la fumadera y las piernas pronto parecen que son de otra persona. Cada vez que piensas en tu ex, cada vez que la soledad se te mete por dentro como un continente en llamas, te amarras los cordones de los tenis y te das a la fuga por los senderos y eso ayuda, de verdad que ayuda.

Al fin del invierno ya conoces a todos los otros que corren regularmente como tú y hay una muchacha que te inspira un poco de esperanza. Se pasan en los senderos un par de veces a la semana y es un placer mirarla, es como una gacela, qué economía, qué paso, y qué fokin cuerpazo. Por sus facciones dirías que es latina, pero tu radar no ha estado funcionando por un tiempo y piensas que igual podría ser morena. Siempre te sonríe cuando te ve. Consideras llamarle la atención fingiendo una caída –¡Mi pierna! ¡Mi pierna!– pero te parece que sería increíblemente cursi. Sigues esperando a ver si te la encuentras alguna noche en algún lugar.

Todo te va espléndidamente con las carreras hasta un día, a los seis meses, cuando sientes un dolor en el pie derecho. Algo te quema en el puente del pie y no mejora aun después de un descanso de varios días. Y pronto, hasta cuando no estás corriendo, estás cojeando. Vas a la sala de emergencias y el enfermero presiona con el pulgar, te observa cuando te retuerces del dolor, y declara que tienes fascitis plantar.

No tienes ni idea de lo que es. ¿Cuándo puedo correr de nuevo?

Te da un folleto. Algunas veces se cura en un mes. Algunas veces seis meses. Algunas veces un año. Él hace una pausa. Algunas veces necesitas aún más tiempo.

Eso te entristece tanto que cuando llegas a la casa te metes en la cama a oscuras. Tienes miedo. No quiero volver a caer en el hueco de nuevo, le dices a Elvis. No tienes por qué, te contesta. Pero como eres un terco, tratas de seguir corriendo y el dolor empeora. Por fin te das por vencido. Guardas los tenis para correr. Duermes hasta tarde. Cuando ves a otra gente por los senderos, viras la cara. Hasta lloras frente a las ventanas de las tiendas de artículos deportivos. De la nada se te ocurre llamar a la ex, pero por supuesto ella no contesta. El hecho de que no ha cambiado su número telefónico te da cierta esperanza, aunque estás enterado de que tiene novio nuevo. Todo el mundo dice que la trata superbién.

Elvis te sugiere que pruebes yoga. Un estilo medio bikram que enseñan en Central Square. Y para colmo, las clases, es una locura como están de mujeres, te dice, mujeres al por mayor. Y aunque por el momento no estás muy interesado en las féminas, no quieres despreciar los músculos que has desarrollado, así que decides darle un chance. Lo de namasté te parece una tontería, pero te dejas llevar, y pronto estás practicando vinyasas como un experto. Elvis tenía toda la razón. Hay mujeres como loco, todas con los culos en el aire, pero ninguna ni siquiera te mira. Hay una blanquita chiquitica que trata de hablar contigo. Le impresiona que seas el único hombre en la clase que jamás se quita la camisa, pero te escabulles de su sonrisa plástica. ¿Qué coñazo harías con una blanquita? Se lo meterías sin parar, sugiere Elvis.

Te vendrías en su boca, agrega tu pana Darnell.

Dale un chance, te pide Arlenny.

Pero no haces nada. Al fin de cada clase recoges todo rápidamente, limpias tu colchoneta y huyes. Ella se da por aludida y jamás te vuelve a decir nada otra vez. Pero algunas veces durante las sesiones te mira con ganas.

Pronto te obsesionas con el yoga y llevas la colchoneta a todas partes. Dejas de fantasear que la ex te estará esperando en frente de tu apartamento, aunque de vez en cuando todavía la llamas y dejas que el teléfono suene hasta que sale la contestadora. Por fin comienzas a trabajar en tu novela sobre un apocalipsis en los años ochenta —«por fin comienzas» quiere decir que escribes un párrafo— y en un arrebato de confianza empiezas a salir con una joven morenita que asiste a la escuela de derecho de Harvard y que conociste en el Enormous Room. Tienes el doble de su edad, pero ella es una de esos supergenios que terminó la universidad a los diecinueve años y es lindísima, en serio. Elvis y Darnell aprueban. Genial, te dicen. Arlenny repara. Es tan joven, ¿no te parece? Sí, es muy joven y singan cantidad y durante el acto se abrazan como si sus propias vidas dependieran de ello pero después, al terminar, se separan como si les diera vergüenza. Casi siempre sospechas que ella te tiene pena. Te dice que le gusta tu cerebro, pero cuando consideras que ella es más inteligente que tú, te parece dudoso. Lo que está claro es que le gusta tu cuerpo y no te deja de tocar. Debo volver al ballet, dice mientras te desviste. Pero entonces perderías ese culo, comentas, y ella se ríe. Lo sé, ese es el dilema.

Todo va bien, maravillosamente, hasta que, en el medio de un saludo al sol, sientes un cambio en la zona lumbar y pau, es algo así como un apagón instantáneo. Pierdes toda la fuerza y te tienes que recostar. Sí, te alienta el maestro, descansa si lo necesitas. Cuando termina la clase la blanquita te ayuda a ponerte de pie. ¿Quieres que te lleve a algún lugar?, pregunta, pero sacudes la cabeza. Caminar hasta tu apartamento es una odisea estilo Bataan. Cuando llegas al Plough and Stars, te agarras del palo de una señal de alto y llamas a Elvis al celular.

Se aparece en cuestión de segundos acompañado de tremendo mujerón. Es una caboverdiana de Cambridge. Tienen cara de haber estado singando. ¿Y esa quién es? Sacude la cabeza. Te arrastra a la sala de emergencias. Para cuando aparece la doctora, estás encorvado como un anciano.

Parece que es una hernia discal, anuncia.

Bravo, dices.

Estás en cama por dos semanas seguidas. Elvis te trae comida y te acompaña mientras comes. Te habla sobre la caboverdiana. Tiene una chocha perfecta, te dice. Es como si metieras el rabo en un mango caliente.

Lo escuchas por un rato. No termines como yo, le aconsejas.

Elvis sonríe. No jodas, nadie puede terminar como tú, Yunior. Eres un domo original.

Su hija tira tus libros al piso. No te importa. Quizá le dará curiosidad por leer, dices.

Así que ahora tienes jodidos los pies, la espalda y el corazón. No puedes correr, no puedes hacer yoga. Tratas de montar bicicleta, pensando que te vas a convertir en otro Armstrong, pero el dolor de la espalda por poco te mata. Decides que vas a caminar, sin variar. Caminas una hora por la mañana y una hora por la noche. No sientes ninguna descarga de adrenalina, ninguna presión en los pulmones, ningún shock a tu sistema, pero es mejor que nada.

Al mes la estudiante de derecho te deja por un compañero de clase. Te dice que la pasó bien pero que tiene que comenzar a ser realista. Traducción: Tengo que dejar de acostarme con viejos. Al poco la ves con el compañero en el campus. Es más blanco que tú pero a la vez es indiscutiblemente negro. Mide como tres metros y parece un dibujo de un manual básico de anatomía. Andan de la mano y ella está tan contenta que tratas de no envidiárselo, tratas de darle un poco de espacio en tu corazón. A los dos segundos un guardia de seguridad se te acerca y te pide identificación. Al próximo día, un blanquito en una bicicleta te tira una lata de Diet Coke.

Empiezan las clases y los cuadritos de músculos de tu vientre han sido reabsorbidos, como islitas en un mar de grasa. Escaneas los nuevos miembros de la facultad para ver si hay alguna posibilidad, pero no hay nadie de interés. Ves mucha televisión. Algunas veces Elvis viene a ver televisión contigo porque su esposa no permite que fume yerba en la casa. Se ha metido también en el yoga, especialmente después de ver cómo te fue a ti. Qué cantidad de cueros, dice, sonriendo. No quieres odiarlo.

¿Qué le pasó a la caboverdiana?

¿Cuál caboverdiana?, te pregunta secamente.

Vas mejorando poco a poco. Empiezas a hacer lagartijas y pull–ups y hasta algunos ejercicios de yoga, pero con mucho cuidado. Sales a comer con un par de muchachas. Una está casada y está buenísima en esa manera típica de las dominicanas treintonas de clase media. Te das cuenta que está contemplando acostarse contigo y mientras te estás comiendo las costillitas sientes que estás precalentando el bate. En Santo Domingo jamás se hubiera encontrado contigo así, te dice con gran generosidad. Casi todas sus conversaciones empiezan con «En Santo Domingo». Se está pasando un año estudiando en la escuela de negocios, pero a pesar de lo mucho que halaga Boston te das cuenta que extraña Santo Domingo y que jamás viviría en otro lugar.

Pero hay tremendo racismo en Boston, le dices como forma de orientación.

Te mira como si estuvieras loco. No hay racismo en Boston, te dice. También se burla de la idea de que haya racismo en Santo Domingo.

¿Así que ahora los dominicanos amamos a los haitianos?

Eso no tiene que ver con el racismo. Pronuncia cada sílaba. Eso tiene que ver con la nacionalidad.

Por supuesto que terminan en la cama. La pasas bien excepto que ella nunca se viene y no deja de quejarse del marido. Es exigente, y dentro de poco la estás acompañando a todo tipo de actividades en la ciudad y más allá de la ciudad: a Salem en Halloween y un fin de semana a Cape Cod. Nadie te para cuando estás con ella o te pide identificación. Siempre toma fotos pero nunca ninguna de ti. Les escribe postales a sus hijos cuando está en la cama contigo.

Al concluir el semestre, regresa a casa. Mi casa, no tu casa, dice con ponzoña. Siempre está tratando de probar que no eres dominicano. Si yo no soy dominicano, entonces nadie lo es, le contestas, pero a ella le hace gracia y se ríe. Entonces te desafía: Dímelo en español, y por supuesto no puedes. El último día la llevas al aeropuerto, pero no hay ningún beso devastador estilo *Casablanca*, solo una sonrisita y un abracito medio maricón y sus tetas falsas se apretujan contra ti como si fueran algo irrevocable. Escríbeme, le dices, y ella contesta: Por supuesto, pero ninguno de los dos se molesta en hacerlo. Con el tiempo borras su información de tu teléfono, pero no las fotos que tomaste de ella desnuda y dormida en tu cama, esas sí que no.

AÑO CUATRO

Empiezan a llegar por correo invitaciones a las bodas de tus ex sucias. No tienes idea de cómo explicar esta locura. Qué coñazo, dices. Le pides a Arlenny que te ilumine. Ella voltea las invitaciones. Es como dijo Oates: La mejor venganza es vivir bien, sin ti. Pal carajo con Hall & Oates, dice Elvis. Estas cabronas creen que nosotros somos los cabrones. Creen que nos va a importar esa vaina. Examina las invitaciones. ¿Me equivoco o es que todas las jevas asiáticas de este mundo se casan con blancos? ¿Está en sus genes o algo así?

Este es el año en el cual los brazos y las piernas te empiezan a causar problemas, se te adormecen de vez en cuando, parpadeando como las luces en la isla. Es una extraña sensación, como un cosquilleo. ¿Qué coñazo es esto?, te preguntas. Espero que no me esté muriendo. Probablemente estás haciendo demasiado ejercicio, dice Elvis. Protestas: Casi no estoy haciendo ejercicio. Probablemente es el estrés, te dice la enfermera en la sala de emergencias. Esperas que sea eso, y flexionas las manos, preocupado. De verdad que esperas que sea eso.

En marzo vas a San Francisco a dar una conferencia, pero no te va nada bien; no viene casi nadie más allá de aquellos que fueron obligados por sus profesores. Solito te vas a K-town y te atiborras de kalbi hasta que estás a punto de explotar. Manejas por la ciudad por un par de horas para ver qué hay. Tienes un par de amigos que viven aquí, pero no los llamas porque sabes que de lo único que van a hablar es de los viejos tiempos y de la ex. Conoces a una sucia que vive aquí, pero cuando por fin la llamas y ella oye quién es, te cuelga.

Cuando regresas a Boston la estudiante de derecho te está esperando en el vestíbulo de tu edificio. Te toma de sorpresa y te entusiasma, pero a la vez tienes cierto recelo. ¿Qué pasa?

Es como una mala telenovela. Te das cuenta que tiene tres maletas en fila en el pasillo. Y cuando miras bien ves que sus ojos persas están rojos de haber estado llorando y que se acaba de poner rímel.

Estoy embarazada, dice.

Al principio no entiendes. Bromeas. ¿Y?

Pendejo. Empieza a llorar. Probablemente es tu fokin hijo.

Hay sorpresas, hay todo tipo de sorpresas, y también hay esto.

No sabes qué decir ni cómo reaccionar, así que la invitas a que suba a tu apartamento. Cargas sus maletas a pesar de tu espalda, a pesar de tu pie, a pesar de tus brazos y del dolor que va y viene. No dice nada, solo sujeta su almohada contra su suéter de Howard University. Es una sureña con excelente postura y cuando se sienta te da la impresión de que está a punto de hacerte una entrevista. Después que le sirves un té, le preguntas: ¿Lo vas a tener?

Claro que lo voy a tener.

¿Y Kimathi?

Ella no entiende. ¿Quién?

Tu keniano. No puedes ni siquiera pronunciar la palabra novio.

Me botó. Él sabe que no es suyo. Juega con algo en su suéter. Voy a desempacar la maleta, ¿OK? Asientes y la miras. Ella es extremadamente bella. Piensas en ese viejo dicho: Muéstrame una mujer hermosa y te mostraré a alguien cansado de singar con ella. Pero dudas que tú te hubieras cansado de ella.

Pero podría ser de él, ¿verdad?

Es tuyo, ¿OK? Llora. Yo sé que no quieres que sea tuyo, pero es tuyo.

Te sorprende que te sientas tan vacío por dentro. No tienes idea si debes mostrar entusiasmo o apoyo. Te pasas la mano por los pocos pelos incipientes que te quedan en la cabeza.

Necesito quedarme aquí, te dice después, tras un polvo torpe e incómodo. No tengo dónde ir. No puedo volver con mi familia.

Cuando se lo cuentas a Elvis crees que se va a frikiar, que va a demandar que la botes. Temes su reacción porque sabes que no tienes fuerzas para botarla.

Pero Elvis no se frikea. Te da una palmada en la espalda, sonríe de oreja a oreja. Eso es fantástico, primo.

¿Cómo que es fantástico?

Vas a ser padre. Vas a tener un hijo.

¿Un hijo? ¿De qué coño estás hablando? Ni siquiera hay prueba de que sea mío.

Elvis no te escucha. Sonríe pensando en algo muy dentro de él. Chequea para estar seguro de que la esposa no lo puede oír. ¿Te acuerdas de la última vez que fuimos a Santo Domingo?

Claro que sí. Hace tres años. Todo el mundo la pasó superbién excepto tú. Estabas en medio de la gran depresión, lo que quiere decir que pasaste casi todo el tiempo solo, flotando de espaldas en el mar o emborrachándote en la barra o caminando por la playa al amanecer antes que nadie se despertara.

Sí, ¿y qué?

Bueno, dejé en estado a una muchacha durante esa visita.

No me fokin jodas.

Asiente.

¿En estado?

Asiente de nuevo.

¿Y lo tuvo?

Busca en su celular. Te enseña una foto de un niñito perfecto con la carita más dominicana que te puedes imaginar.

Ese es mi hijo, dice Elvis con orgullo. Elvis Xavier Junior.

Loco, tú no estás hablando en serio. Si tu mujer se entera…

Elvis se molesta. Ella no se va a enterar.

Decides pensarlo un rato. Estás en la parte trasera de la casa, cerca de Central Square. En el verano, estas cuadras están repletas de actividad, pero hoy hasta puedes oír un arrendajo trinando.

Los bebés son fokin caros. Elvis te da un puñetazo en el brazo. Así que prepárate, mi hermano, porque te vas a quedar en olla.

Cuando regresas a tu apartamento, la estudiante de derecho se ha apoderado de dos de tus clósets y casi todo tu lavamanos y, para colmo, ha tomado posesión absoluta de tu cama. Ha puesto una almohada y una sábana en el sofá. Para ti.

¿Cómo? ¿Ahora ni siquiera puedo compartir mi cama contigo?

No creo que me venga bien. Sería demasiado estrés. No quiero perder la barriga.

Es difícil discutir contra eso. Pero el sofá no es nada cómodo y cuando te despiertas por la mañana la espalda te duele más que nunca.

«Solamente a una prieta cabrona se le ocurre venir a Harvard a embarazarse. Las blanquitas no hacen eso. Las asiáticas no hacen eso. Solo las fokin negras y latinas. ¿Para qué carajo se molestan en que las acepten en Harvard si van a salir en estado? Podían haberse quedado en la misma cuadra de siempre para esa mierda.»

Eso es lo que escribes en tu diario. Cuando regresas de dar clases el próximo día, la estudiante de derecho te tira la libreta en la cara. Te fokin odio, grita. Espero que no sea tuyo. Espero que sí sea tuyo y que sea retardado.

Le chillas: ¿Cómo se te ocurre decir eso? ¿Cómo se te puede ocurrir decir algo así?

Va a la cocina y se sirve un trago y la sigues y le quitas la botella de las manos y echas todo su contenido en el fregadero. Esto es ridículo, dices. Pura telenovela.

Ella no te dirige la palabra por dos fokin semanas. Pasas el mayor tiempo posible en tu oficina o en casa de Elvis. Cada vez que entras en la habitación, ella inmediatamente cierra la computadora. No te estoy espiando. No me interesa lo que estás haciendo, le dices. Pero ella espera a que te vayas antes de seguir mecanografiando.

No puedes botar a la calle a la madre de tu hijo, Elvis te recuerda. Jodería al chama por el resto de su vida. Además, es un karma terrible. Deja que llegue el bebé. Verás como las cosas se arreglan.

Pasa un mes, dos meses. Te da terror decírselo a nadie, compartir la... ¿qué? ¿Las buenas noticias? Tú sabes que si Arlenny supiera vendría y le metería una patada por el culo y la pondría en la calle. Tu espalda es una agonía y los brazos se te entumecen con regularidad. El único lugar en el apartamento donde puedes estar solo es en la ducha y allí susurras: El infierno, Netley. Estamos en el infierno.

Después lo recordarás como el sueño de una fiebre terrible, pero en el momento todo se movía tan lentamente, y todo parecía tan real. La llevas a las citas médicas. La ayudas con las vitaminas y el resto de esa vaina. Pagas por casi todo. Ella no le está hablando a su mamá, así que todo lo que tiene son dos amigas que están en el apartamento casi tanto como tú. Son parte del grupo de apoyo de Crisis de Identidad Birracial y te miran con sospecha. Sigues esperando a que se derrita un poco pero ella mantiene su distancia. Hay días en los que mientras ella está durmiendo y tú estás tratando de trabajar, te permites el lujo de imaginarte qué tipo de hijo tendrían. Si será hembra o varón, inteligente o tímido. Como tú o como ella.

¿Ya tienen nombres?, pregunta la esposa de Elvis.

Todavía no.

Taína si es hembra, te sugiere. Y Elvis si es varón. Le tira un vistazo burlón a su marido y se ríe.

A mí me gusta mi nombre, dice Elvis. Yo se lo daría a un varón.

Por encima de mi cadáver, dice su mujer. Es más, este hornito está cerrado.

Por la noche, cuando estás tratando de dormir, ves la luz de su computadora por la puerta abierta del cuarto, oyes el sonido de sus dedos en el teclado.

¿Necesitas algo?

No, gracias. Estoy bien.

Vas a la puerta un par de veces y la miras, esperando que te invite a entrar, pero te lanza una mirada asesina y te pregunta: ¿Qué coñazo quieres?

Na, solo chequeando.

Cinco meses, seis meses, el séptimo mes. Estás dando clase, «Introducción a la ficción», cuando recibes un texto de una de sus amigas diciendo que le comenzaron los dolores, adelantada seis semanas. Te asaltan todo tipo de temores. La llamas por el celular pero no contesta. Llamas a Elvis pero no contesta tampoco. Así que arrancas solo para el hospital.

¿Usted es el papá?, pregunta la mujer en la recepción.

Sí, soy yo, dices tímidamente.

Te llevan por los pasillos y te dan una bata médica y te dicen que te laves las manos y te dan instrucciones sobre dónde te debes parar y te advierten sobre el proceso, pero en el instante que entras a la sala de parto, la estudiante de derecho chilla: No lo quiero aquí. No lo quiero aquí. No es el padre.

Jamás se te hubiera ocurrido que eso te podía doler tanto y tan profundamente. Las dos amigas vienen hacia ti pero ya te has ido. Viste sus piernas flaquitas y paliduchas y la espalda del médico y nada más. Te alegras de que no viste nada más. Te hubieras sentido como si hubieras violado su seguridad o algo así. Te quitas la bata; esperas un rato, y cuando por fin te das cuenta de lo que estás haciendo, te vas para tu casa.

No sabes nada de ella hasta que te llama una de las amigas, la misma que te mandó el texto cuando le atacaron los dolores. Iré a buscar sus cosas, ¿OK? Cuando llega, evalúa la situación con recelo. No te vas a volver psicópata, ¿no?

No, claro que no. Y después de una pausa, le exiges: ¿Cómo se te ocurre decir eso? Yo jamás en la vida le he pegado a una mujer. Y entonces te das cuenta cómo suena eso, como un tíguere que les hace daño a las mujeres todo el tiempo. Todo lo de ella regresa a las maletas y ayudas a la amiga a bajarlas a su yipeta.

Debes sentir tremendo alivio, te dice.

No le contestas.

Y ahí se acaba todo. Después te enteras de que el keniano la fue a ver al hospital y que cuando vio el bebé tuvieron una reconciliación emocionante; se perdonaron todo.

Ahí es donde metiste la pata, dice Elvis. Deberías haber tenido un hijo con tu ex. Entonces jamás te hubiera dejado.

Ella te hubiera dejado de todos modos, dice Arlenny. Créeme.

El resto del semestre resulta ser un fokin desastre. Recibes las peores evaluaciones de los seis años que has sido profesor. Tu único estudiante de color del semestre escribe: Dice que no sabemos nada, pero no nos muestra cómo podemos abordar estas deficiencias. Una noche llamas a tu ex y cuando oyes el click de la contestadora, dices: Deberíamos haber tenido un hijo. Y entonces cuelgas, avergonzado. ¿Por qué dijiste eso?, te preguntas a ti mismo. Ahora, sin duda, jamás te volverá a hablar.

No creo que la llamada sea el problema, dice Arlenny.

Mira esto. Elvis produce una fotografía de Elvis Jr. con un bate. Este niño va a ser una bestia.

Durante las vacaciones de invierno vas con Elvis a Santo Domingo. ¿Qué otra cosa vas a hacer? No estás en nada, y te pasas la vida moviendo los brazos cada vez que se te adormecen.

Elvis está superalborotado. Lleva tres maletas repletas de vainas para el muchacho, incluyendo su primer guante, su primera pelota y su primera camiseta de los Red Sox de Boston. Lleva como ochenta kilos de ropa y otras vainas para la mamá del chama. Lo había tenido todo escondido en tu apartamento. Tú estás en su casa cuando se despide de su mujer y de su suegra y de su hija. La hija no entiende lo que está pasando, pero cuando la puerta se cierra ella suelta un chillido que te aprieta como un alambre serpentino. Elvis se mantiene tranquilo. Piensas: Así mismito era yo. Yo yo yo.

Por supuesto que la buscas en el avión. No tienes otra opción.

Te imaginas que la mamá del niño vive en algún lugar pobre como Capotillo o Los Alcarrizos, pero jamás se te ocurrió que viviría en Nadalandia. Has ido de visita a Nadalandia un par de veces; pal carajo, tu familia salió de un lugar como este. Terrenos ocupados y convertidos de la noche a la mañana en barrios sin calles, sin luz, sin agua, sin conexión ninguna, sin nada, donde las casas maltrechas en las que vive la gente están una encima de la otra, donde todo es puro lodo y ranchitos y motos y jodienda e hijoeputas regados por todas partes que apenas te sonríen, como si hubieras llegado al borde de la civilización. Tienen que dejar la yipeta que alquilaron en lo último que queda del camino pavimentado y montarse en unos motoconchos; llevan las maletas a la espalda. Nadie les pone atención porque lo que ustedes llevan no se compara: ustedes han visto a un solo motoconcho cargar con una familia de cinco y un puerco.

Por fin llegan a una casita y sale la Baby Mama; es una bienvenida feliz. Te gustaría decir que te acuerdas de la Baby Mama del viaje anterior, pero no es el caso. Es alta y culona, exactamente como le gustan a Elvis. Debe tener veintiún o veintidós años y tiene una sonrisa irresistible, como Georgina Duluc, y cuando te ve te da tremendo abrazo. Así que el padrino por fin decidió venir de visita, declama con una voz ronca y campesina. También conoces a su mamá, a su abuela, a su hermano, a su hermana y a tres tíos. A todo el mundo le faltan dientes.

Elvis levanta al niño. Mi hijo, canta. Mi hijo.

El niño empieza a llorar.

La casita de la Baby Mama casi no llega a dos habitaciones, una cama, una silla, una mesita, un solo bombillo en el techo. Hay más mosquitos que en un campo de refugiados. Detrás de la casa hay un desagüe de aguas negras. Le das una mirada a Elvis, qué carajo. Las pocas fotos de familia en la pared tienen manchas de agua. Cuando llueve —la Baby Mama levanta las manos— todo se nos cae encima.

No te preocupes, dice Elvis, los voy a mudar este mismo mes si logro ahorrar el dinero.

La alegre pareja te deja con la familia y con Elvis Jr. mientras va a arreglar cuentas en varios negocios y a comprar algunas necesidades. Baby Mama también quiere presentarle a Elvis a todo el mundo, por supuesto.

Te sientas en una silla plástica frente a la casa con el niño en las piernas. Los vecinos te admiran con feliz avidez. Empiezan un juego de dominó y a ti te toca con el hermano malhumorado de la Baby Mama. Le toma menos de cinco segundos convencerte de que debes pedir un par de cervezas grandes y una botella de Brugal del colmado del barrio. También: tres cajas de cigarros, un salami y una botella de jarabe para la tos para una vecina cuya hija está congestionada. Ta muy mal, dice. Claro que todo el mundo tiene una hermana o una prima que te quieren presentar. Que tan más buena que el Diablo, te aseguran. Antes de terminar la primera botella de ron, las hermanas y primas empiezan a aparecer. Se ven un tanto ásperas pero admiras el esfuerzo. Las invitas a que se sienten, compras más cervezas y un poco de pica pollo malísimo.

Tú me dices cuál te gusta, te susurra un vecino, y te la consigo.

Elvis Jr. te observa con gran seriedad. Es un carajito lindísimo. Tiene picadas de mosquitos por las piernas y una postilla en la cabeza que nadie te puede explicar. De repente te dan ganas de cubrirlo con tus brazos y protegerlo con todo tu cuerpo.

Más tarde, Elvis padre te explica el Plan. En unos años me lo llevo para Estados Unidos. Le diré a mi esposa que fue un accidente, una sola noche borracho, y que no me enteré de nada hasta ese momento.

¿Y tú crees que eso va a funcionar?

Todo va a salir bien, te dice impacientemente.

Mi hermano, tu mujer no va a creer na de eso.

¿Y qué carajo sabes tú?, dice Elvis. Si na de lo tuyo jamás sale bien.

Eso no se lo puedes refutar. Los brazos te están matando, así que decides cargar al chama para estimular la circulación. Lo miras a los ojos. Él te mira a los tuyos. Parece preternaturalmente sabio. Irá al MIT, dices mientras le acaricias el cabello, que parece salpicado de granitos de pimienta. Empieza a llorar, así que lo bajas y lo observas mientras corretea de un lado a otro.

Y es más o menos en ese momento en que te das cuenta.

El segundo piso de la casa no está terminado y se ven las varillas saliendo de los bloques de cemento como horribles folículos retorcidos. Tú y Elvis se paran allá arriba y toman cerveza y miran más allá de los límites de la ciudad, más allá de todas las parábolas de antenas de radio que se ven en la distancia, hacia las montañas del Cibao, la cordillera central, donde nació tu padre y la familia entera de tu ex. Te deja sin aliento.

Él no es tu hijo, le dices a Elvis.

¿De qué estás hablando?

El niño no es tuyo.

No seas pesao. Si es igualito a mí.

Elvis. Le agarras el brazo. Lo miras fijo a los ojos. No comas tanta mierda.

Hay un largo silencio. Pero si es igualito a mí.

Mi hermano, no se parece a ti en nada.

Al día siguiente cargan al niño y regresan a la ciudad, a Gazcue. Literalmente tienen que espantar a la familia para que no los acompañen. Antes que puedan coger camino, uno de los tíos te aparta. Le deben comprar un refrigerador a esta gente. Entonces el hermano te aparta. Y un televisor. La madre te aparta. Y una plancha de pelo también.

El tráfico de regreso al centro se parece a la Franja de Gaza y hay un choque a cada quinientos metros. Elvis está constantemente amenazando con devolverse. Tú lo ignoras y contemplas el reguero de concreto roto, los vendedores con toda la mierda del mundo sobre sus hombros, las palmas cubiertas de polvo. El niño te abraza fuerte. Te convences de que eso no significa nada. Es igual que un reflejo de Moro, nada más.

No me obligues a hacer esto, Yunior, te ruega Elvis.

Insistes. Tienes que hacerlo, Elvis. No puedes vivir engañado. No sería bueno ni para el niño ni para ti. ¿No crees que será mejor saberlo?

Pero yo siempre he querido un hijo, dice. Es lo que he querido toda mi vida. Cuando estaba en esa vaina en Irak, lo único que pensaba era: Por favor, Dios, déjame vivir lo suficiente para tener un hijo, por favor, entonces me puedes dejar morir ahí mismo. Y mira, me lo dio, ¿ves? Me lo dio.

La clínica está en una de esas casas construidas al estilo internacional durante la época de Trujillo. Están en la recepción. Tienes al niño de la mano. El niño te mira con una intensidad lapidaria. Lo espera el fango. Lo esperan los mosquitos. Lo espera la Nada.

Dale, le dices a Elvis.

Francamente, tú crees que no lo hará, que todo terminará ahí. Que se llevará al niño y que regresará a la yipeta. Pero en vez, se lleva al niño a una habitación donde le toman una muestra bucal con hisopo y ya.

Preguntas: ¿Cuánto tiempo para los resultados?

Cuatro semanas, te contesta la laboratorista.

¿Tanto?

Se encoge de hombros. Bienvenidos a Santo Domingo.

Te imaginas que ese es el fin del cuento, que los resultados no cambiarán nada. Pero a las cuatro semanas del viaje, Elvis te da la noticia de que la prueba es negativa. Pal coño de su madre, dice con amargura, pal coño de su maldita madre. Y entonces corta toda la comunicación con el niño y su mamá. Cambia el número de su celular y la dirección de su correo electrónico. Le dije a la cabrona que jamás me vuelva a llamar. Hay cosas que no se pueden perdonar.

Por supuesto que te sientes terrible. Te acuerdas de cómo te miraba el niño. Por lo menos dame su número, le dices. Piensas que les podrías mandar un poquito de dinero cada mes, pero él se niega. Pal carajo con esa cabrona mentirosa.

Piensas que lo tiene que haber sabido, muy adentro suyo, que quizá te llevó para que fueras tú quien le abrieras los ojos, pero dejas las cosas tranquilas. Decides no explorar el tema. Él va a yoga cinco veces a la semana ahora, está en las mejores condiciones de su vida, mientras que tú has subido otra talla de jeans. Cuando vas a casa de Elvis en esos días, su hija te saluda efusivamente, te dice Tío Junji. Es tu nombre coreano, bromea Elvis.

Es como si nada hubiera pasado. Quisieras poder ser tan impasible.

¿Piensas en ellos?

Sacude la cabeza. Jamás, y jamás lo haré.

La falta de sensación en los brazos y piernas aumenta. Regresas al médico y te mandan a un neurólogo que te ordena un IRM. Tienes estenosis por toda la columna vertebral, te explica el médico, algo impresionado.

¿Eso es malo?

Bueno, no es bueno. ¿Has hecho mucho trabajo pesado?

¿Como, por ejemplo, cargar mesas de billar para delivery?

Eso mismo. El médico bizquea cuando mira el IRM. Vamos a ver cómo te va con la terapia física. Si eso no funciona, entonces podemos hablar sobre otras opciones.

¿Como qué?

El médico, contemplativo, se toca las palmas de las manos. Cirugía.

Desde ese momento tu vida se va pal carajo. Un estudiante se queja de que eres demasiado vulgar. Te tienes que reunir con el decano que te dice más o menos que tengas mucho cuidado. Te para la policía tres fines de semana consecutivos. Una vez te bajan del carro y te sientan en el contén y te toca mirar el desfile de carros en frente de ti; los pasajeros te ojean sospechosamente. En la carretera, durante la peor hora de tráfico, crees que ves a tu ex por un segundo y se te aflojan las rodillas, pero resulta que no es ella, que es una latina cualquiera, otro mujerón vestida con un traje a la medida.

Por supuesto que sueñas con ella. Estás en Nueva Zelanda o en Santo Domingo o, improbablemente, años atrás en la universidad, en el dormitorio. Quieres que pronuncie tu nombre, que te toque, pero se niega. Sacude la cabeza.

Ya.

Quieres pasar página, exorcizar toda esta vaina, así que encuentras un apartamento nuevo al otro lado de la plaza con una vista de la silueta de los edificios de Harvard. Ahí están todos esos campanarios increíbles, incluyendo tu favorito, la daga gris que es la iglesia Old Cambridge Baptist. En los primeros días en el nuevo apartamento, un águila se asienta en el árbol muerto que queda frente a tu ventana en el quinto piso. Te mira directamente. Te parece un buen augurio.

Al mes la estudiante de derecho te manda una invitación a su boda en Kenia. Hay una foto en la cual los dos están vestidos en lo que supones es un atuendo tradicional keniano. Ella está flaquísima y usa demasiado maquillaje. Crees que vas a encontrar una nota, algo que te dé las gracias por todo lo que hiciste por ella, pero no hay nada. La dirección está escrita a máquina, no de puño y letra.

Quizá fue una equivocación, dices.

Arlenny te asegura que no fue una equivocación.

Elvis rompe la invitación y la bota por la ventana de la camioneta. Pal carajo con esa cabrona. Pal carajo con todas las cabronas.

Logras salvar un pedacito de la foto. Es su mano.

Te enfocas más que nunca, en tus clases, tu terapia física, tu terapia regular, tus lecturas, tus caminatas. Sigues esperando que se levante el peso que has sentido por tanto tiempo. Sigues esperando por el momento en que jamás volverás a pensar en tu ex. Pero no llega.

Le preguntas a todo el mundo: ¿Cuánto tiempo toma recuperarse?

Hay muchas fórmulas. Un año por cada año que estuvieron juntos, dos años por cada año que estuvieron juntos. Es cuestión de voluntad: el día que lo decidas, se te pasa. Nunca se te pasa.

Una noche invernal sales con tus panas a un club latino estilo gueto en Mattapan Square. Mata-fokin-pan. La temperatura afuera está a cero, pero en el club hace tanto calor que todo el mundo está en camisetas y el tufo es tan sofocante como un afro. Hay una jevita que no deja de tropezar contigo. Le dices: Pero, mi amor, ya. Y ella te contesta: Ya tú. Es dominicana y ágil y superalta. Jamás podría salir con alguien tan bajito como tú, te dice al principio de la conversación. Pero al final de la noche te da su número. Todo el tiempo Elvis está calladito en la barra, tomando trago tras trago de Rémy. Fue a Santo Domingo la semana anterior, un viaje relámpago solitario, un viaje de espionaje. No te dijo nada hasta después del hecho. Fue a buscar a Elvis Jr. y a su mamá, pero se habían mudado y nadie sabía nada de ellos. Ninguno de los teléfonos que tenía funcionaban. Espero que aparezcan, dice.

Yo también.

Te da por tomar unas caminatas larguísimas. Cada diez minutos paras y haces lagartijas y sentadillas. No es igual que correr, pero te sube el ritmo cardíaco y es mejor que nada. Después tienes tanto dolor de nervios que casi no te puedes mover.

Hay noches que sueñas estilo *Neuromancer* y ves a tu ex y al niño y a otra figura, que te es familiar, saludándote en la distancia. «En algún lugar, muy cerca, la risa que no era risa.»

Y entonces, por fin, cuando crees que ya lo puedes hacer sin explotar en un millón de átomos, abres un archivo que tienes escondido debajo de la cama. El Libro del Día del Juicio. Son copias de todos los correos electrónicos y las fotos de los días de cuernos, las que tu ex encontró y recopiló y te mandó por correo al mes de haber terminado contigo. «Querido Yunior, para tu próximo libro.» Probablemente esa fue la última vez que escribió tu nombre.

Lo lees de principio a fin (sí, ella lo encuadernó). Te sorprende lo fokin pendejo y cobarde que eres. Te mata reconocerlo pero es verdad. Te asombran los extremos de tu mendacidad. Cuando terminas de leer el libro la segunda vez, admites la verdad: Hiciste bien, negra. Hiciste bien.

Ella tiene toda la razón; esto sería tremendo libro, te dice Elvis. Un policía los ha parado y están esperando que el hijoeputa oficial verifique tu licencia. Elvis saca una de las fotos del archivo.

Es colombiana, dices.

Él silba. Que viva Colombia. Te devuelve el Libro. La verdad que debes escribir una guía de amor para infieles.

¿Tú crees?

Claro que sí.

El tiempo pasa. Sales con la muchacha alta. Ves a más médicos. Celebras el doctorado de Arlenny. Y una noche de junio garabateas el nombre de tu ex y le añades: La vida media del amor es eterna.

Se te ocurren un par de otras cosas. Entonces bajas la cabeza.

Al día siguiente revisas lo que escribiste. Por primera vez no quieres quemar las hojas o dejar de escribir para siempre.

Es un comienzo, le dices a la habitación vacía.

Y eso es todo. En los próximos meses sigues el ritmo del trabajo, porque te da esperanza, algo como una bendición, y porque en tu corazón de cuernú mentiroso sabes que algunas veces un comienzo es todo lo que nos toca.